Der Sausende Schnuller

Für meine Oma Ernestine

MARY ARTECUS

DER SAUSENDE SCHNULLER

geschrieben von: Mischa

Bibliografische Information der Deutschen Nationalbibliothek:
Die Deutsche Nationalbibliothek verzeichnet diese Publikation
in der Deutschen Nationalbibliografie; detaillierte bibliografische
Daten sind im Internet über http://dnb.dnb.de abrufbar.

Satz, Herstellung und Verlag:
BoD - Books on Demand

ISBN: 978-3-7528-5558-6

Inhalt

Fünf Sterne Baby-Luxus-Hotel

Mein Name ist Mischa und mein Problem begann schon in der Klinik. Ich war zwei Tage alt. Eines Abends besuchte uns mein Papi.

»Ist er nicht süß?«, seufzte meine Mami und strich mir zärtlich mit dem Finger über die Nase, von der sie jedes Mal behauptet, dass sie Papis wäre. Das stimmt aber nicht, denn seine Nase ist groß, meine klein, und jeder von uns hat sie im eigenen Gesicht, wie also soll ich Papis Nase haben?

Papi nickte zu Mamis Worten zustimmend.

»Warum hat der Mischa einen Schnuller im Mund?«

Ich dachte befremdet, ja, wo haben ihn denn andere Leute?

»Weißt du«, versuchte Mami zu erklären, »nach dem Bad am Morgen bekommen ihn die Babys zur Beruhigung von den Säuglingsschwestern.«

Damit schien für mich das Thema beendet zu sein.

Nicht aber für meinen Papi. Missbilligend

schüttelte er den Kopf, und mit der seinem Berufszweig eigenen Redensart, er ist Arzt, ich weiß das, weil er in genauso seltsamer weißer Kleidung wie seine Kollegen bei uns erscheint, wenn er uns besucht, begann er mit Bestimmtheit: »Mischa braucht keinen Schnuller. Ich kann nicht früh genug darauf hinweisen, dass er in zwei Jahren einen deformierten Kiefer haben wird und mit spätestens zehn Jahren eine Zahnspange braucht.«

»Bitte schön«, sagte ich, »im Moment bin ich gerade erst zwei Tage alt. Wer weiß, was in zwei Jahren ist.«

Papi beugte sich über mich, wohl um mich besser zu verstehen.

Weit gefehlt, denn statt mir zuzuhören, zog er an der Blume, die am anderen Ende des Schnullers steckte.

Erstaunt zog ich zurück.

Das ging ein paar Mal hin und her, bis Papi aufgab. Sonderbare Spiele haben die Erwachsenen, dachte ich mir, Schnullerziehen!

Mami schien ein wenig verwirrt.

»Ich hoffe«, bohrte Papi weiter, »dass du vernünftig genug bist, ihm dieses Ding zu Hause wieder abzugewöhnen.«

Schön langsam wurde mir die Sache unheimlich. Wenn Papi sich so lange mit diesem Thema beschäftigte, musste etwas Wahres dran sein.

Wie wohl ein deformierter Kiefer aussah, grübelte ich weiter, während sich meine Eltern über Belangloses unterhielten.

Ich beschloss, dieses Ding loszuwerden. Ich holte tief Luft, blies kräftig die Backen auf, und schwups, sauste der Schnuller durch die Luft, an Papis Schulter vorbei, um auf dem Boden zu landen.

»Toll!«, rief Papi begeistert und warf mir einen liebevollen Vaterblick zu. Dann bückte er sich angewidert nach dem Schnuller.

»Ich werde ihn im Kinderzimmer abgeben.« Mami war mit allem einverstanden.

»Es ist Zeit«, sagte Papi, »ich muss zu Ben nach Hause. Zuerst muss ich kochen, dann die Tiere versorgen und später noch einmal in die Klinik, ich habe heute Bereitschaftsdienst.«

»Aha«, überlegte ich, »dort, wo es zu Hause ist, gibt es einen Ben, eine Küche und etwas Seltsames mit dem Namen: Tiere.«

Das Wort »Klinik« war mir geläufig, schließlich war ich in einer geboren.

Papi küsste uns beide und eilte mit wehendem weißem Mantel zur Tür hinaus.

In dieser Nacht schlief ich schlecht. Ich träumte von riesigen Wesen mit noch riesigeren Schnullern und wüsten, deformierten Kiefern.

Die Ungeheuer beugten sich über mein Bett.

Ich schrie entsetzt auf. Mami versuchte mich zu beruhigen. Wir spazierten im Zimmer hin und her. Einmal blieben wir bei unserer Reise beim Fenster stehen. Der Nachthimmel war klar. Ganz weit oben schwebte ein riesiger, dicker, gelber Luftballon.

»Das ist der Mond, mein Liebling«, sagte Mami zärtlich und erzählte mir die Geschichte von zwei Männern, die vor vielen Jahren auf diesem herrlichen Luftballon gelandet waren.

»Schade«, dachte ich mir, »sonst wäre ich der erste Mann auf dem Mond gewesen.«

Irgendwann schlief ich erschöpft ein. Als ich aufwachte, war der dritte Tag in meinem Leben hereingebrochen.

Ich verspürte ein eigenartiges Ziehen in der Magengegend. Vorbei die Zeit, wo ich mir dann einfach ein paar Schlucke Fruchtwasser genehmigt hatte. Jetzt und hier auf dieser Welt war ich auf Mami angewiesen, und wie ich mit Befremdung feststellen musste, schlief sie noch.

»So geht es nicht weiter«, dachte ich besorgt.

»Ich brauche dringend ein paar Tropfen Milch, sonst bin ich für das anschließende Schwimmtraining nicht fit genug.«

Und außerdem hatte ich jetzt um fünf Uhr am Morgen Anspruch darauf, gestillt zu werden.

Bevor ich noch zum Losbrüllen Luft holen konnte, erwachte Mami und lächelte mich zärtlich an. So hinreißend lieb, dass all mein Ärger über das verspätete Frühstück verflog.

Alle Mütter, die in einer Klinik ihre Kinder bekommen haben, wissen, wie es weitergeht.

Nach dem Essen kommt das Baden im Säuglingszimmer.

Bevor ich an der Reihe war, unterhielt ich mich eine Weile mit Maxi, der einen Tag später hier angekommen war und dessen Bettchen jetzt neben meinem stand.

Wie sich herausstellte, lag seine Mami zwei Zimmer weit von unserem entfernt. Wir beschlossen, uns bei nächster Gelegenheit einmal zu treffen. Ich brachte noch rasch das Gespräch auf Schnuller, monologisierte über die Gefährlichkeit dieser Dinger und spürte Maxis bewundernde Blicke auf mir.

Dies alles wäre ihm noch nie zu Ohren gekommen. Er erkundigte sich, wie es mir möglich gewesen sei, in nur drei Tagen so ein enormes Wissen anzuhäufen, und schlug mir allen Ernstes vor, ich sollte demnächst meine Dissertation darüber schreiben.

Bescheidenheit ist eine Zier, sagt Papi, so blieb mir also nichts anderes übrig, als mit gleichmütigem Gesichtsausdruck abzuwinken.

Trotzdem, ich gestehe es im Geheimen, beschloss ich, mir die Idee durch den Kopf gehen zu lassen.

Dann wurde unsere Diskussion plötzlich von einer Säuglingsschwester unterbrochen, weil Maxi zum Baden musste.

In der Zwischenzeit malte ich mir in Gedanken aus, was Papi zu einem Sohn sagen würde, der es zuwege brachte, mit nur ein paar Monaten eine Dissertation zu schaffen.

Nach einiger Zeit kam Maxi zurück. Und mit was im Gesicht, glauben Sie, kam er zurück? Sie werden nie darauf kommen, nie im Leben! Bestimmt nicht!

Um jetzt keine Ungeduld aufkommen zu lassen, werde ich es euch rasch erzählen: mit sage und schreibe – einem Schnuller!

Angewidert wandte ich mich ab und beschloss, Maxi von der Liste meiner Bekannten zu streichen. Ich hatte ihm doch lang und breit erklärt, wie gefährlich diese Dinger waren, und er hatte nicht einmal den Mut gezeigt, dieses Gebilde abzulehnen.

Mit mir konnten sie das nicht machen, dachte ich entschlossen, entschied mich aber erst einmal dafür abzuwarten, bevor ich ernsthafte Schritte in die Wege leiten wollte.

Baden ist herrlich, Anziehen weniger. Ich nörgelte herum, vor allem an der Art und Weise, wie hurtig alles geschah.

Zuerst verpasste mir die Schwester eine winzige Fertigwindel, zack, ein Baumwollhemdchen, in Windeseile ein Pulloverchen, hastig wurde ich in eine Strampelhose gepackt und schwups, auch das schien zur Ausstattung eines eleganten Herrn von Welt zu gehören, die Blume, nicht etwa ins Knopfloch eines eleganten Clubjacketts, sondern, wie durch flinke Zauberhand, zwischen die Lippen geschoben.

Ich erstarrte zur Salzsäule, sekundenlang, dann erst reagierte ich entschlossen und ließ diesen gefährlichen Gegenstand aus meinem Mund gleiten. Er rutschte zur Seite.

Die Schwester starrte mich mit leicht schief gelegtem Kopf an.

»Uups«, sagte sie kichernd, »sind wir heute ein wenig dösig?«

Vermutlich, um mir einen großen Gefallen zu tun, schob sie mir entschlossen den Plastikgegenstand wieder in den Mund zurück.

»So«, sagte sie zufrieden und strich sich ihre hübschen herumfliegenden Löckchen aus dem Gesicht, die ihr während der Anstrengung, mich im Sekundentakt zu baden, anzuziehen, fertig, der Nächste bitte, aus dem praktischen Haarknoten gerutscht waren. Ich bin überzeugt, dass wir das Spiel noch heute spielen würden, wäre da nicht ein rettender Engel aufgetaucht in der Gestalt eines Kollegen meines Papis.

Er sah der Schwester über die Schultern, und als er bemerkte, welche Abneigung ich für diese sogenannten Beruhigungssauger zeigte, nahm er ihn der Schwester einfach weg und warf ihn wortlos in eine Schüssel mit vielen Schnullern seiner Art.

Ich bedankte mich wortreich und versprach ihm, dass seine gute Tat nicht umsonst gewesen sein sollte.

Die Reise in der Blechschüssel

Ich würde eine Petition beim Präsidenten dieses Landes einreichen und darum ersuchen, dass diesem heldenhaften Mann seiner Zunft, der mich mit seiner Klugheit und Besonnenheit davor geschützt hatte, mit an Sicherheit grenzender Wahrscheinlichkeit einen deformierten Kiefer zu bekommen, ein besonderer Orden zukam.

Die Tage vergingen.

Da ich nur bis drei zu zählen gelernt hatte, verlor ich die restlichen Tage meines Aufenthalts in dieser Luxusherberge für Neugeborene aus meinem Gedächtnis.

Es wurde langweilig. Mami benutzte öfters ihr winzig kleines Telefon, um mit anderen Menschen zu sprechen. Oder vielleicht sprach sie auch einfach nur ins Nichts, da ich ja niemanden außer uns beiden sehen konnte. Am Ende des Tages las sie mir Geschichten aus einem Buch vor, eines mit Buchstaben, echten Zeilen und Seiten, aber die Geschichte über einen kleinen Prinzen auf einem anderen Planeten wurde von Papi unterbrochen.

»Auf geht's«, sagte er aufgeräumt, »jetzt geht's ab nach Hause!«

Er sah angegriffen aus.

»Der Haushalt«, entschuldigte er sich.

Stolz trug er mich in einen windigen Tag hinaus, geschützt durch eine kleine Tasche, in der ich lag, umhüllt mit flauschigen Deckchen. Er schob mich behutsam auf den Rücksitz einer Blechschachtel und half meiner Mami galant, damit sie sich neben mich setzen konnte. Es wurde laut. Irgendetwas ächzte und stöhnte.

»Verflixt und zugenäht«, brummte Papi, »der Motor läuft nicht rund!«

»Wie gut«, sagte meine Mami, »dass du dich mit Autos auskennst.« Sie kicherte, aber so leise, dass nur ich es hören konnte.

Sie zwinkerte mir verschwörerisch zu.

»Dein Papi ist in vielem gut«, sagte sie leise, »aber das Wissen um Automotoren gehört nicht dazu.«

Dafür jongliert er mit einem Ding namens »Haushalt«, sah ich mich genötigt ihn zu verteidigen.

Ein großer Junge, fast so groß wie Papi, öffnete die Haustüre.

»Mischa«, sagte Mami, »das ist dein großer Bruder Benedikt.«

So also sah er aus, groß, stark, mit breiten Schultern. Fein, dachte ich mir, wenn's mal irgendwann ein Problem mit anderen Jungs geben wird, habe ich einen großen Bruder, der mich beschützt.

Meine Eltern berieten, ob Mami mich erst stillen oder meinem Papi in der Küche zur Hand gehen sollte, aber Ben meldete sich freiwillig, Papi zu helfen.

»Es dürfte nicht so schwer sein«, sagte er grinsend, »ein Glas Würstchen zu öffnen und eine Büchse mit Kartoffelsalat. Viel anderes gab es ja auch die letzten Tage nicht.«

Papi warf meinem Bruder einen vorwurfsvollen Blick zu.

»Und die Pizza hast du vergessen zu erwähnen«, sagte Papi, man hörte ihm an, dass er ein wenig beleidigt war.

»Stimmt«, sagte Ben, sich das Lachen verkneifend, »du hast sie eigenhändig aus der Pizzeria geholt. Sorry.«

Mami trug mich kopfschüttelnd in einen bunten Raum.

»Das, mein liebstes Baby, sollte für die

nächsten 18 Jahre dein ganz eigenes Zimmer sein.«

Sie deutete stolz auf verschiedene Figuren.

»Die Biene habe ich selbst gemalt«, sagte sie stolz, »aber den kleinen Löwen musste ich abzeichnen.«

»Und das«, sie zeigte mit ihrem Finger auf ein winziges, dunkles Pünktchen, das ganz oben auf der Wand saß, »ist die allerliebste Mimi Spiderling.«

Oookay.

Wie nicht anders zu erwarten, bekam ich Milch.

Plötzlich, ich gestehe es offen, gefror mein Blut in den Adern.

Auf der Schwelle meines ganz eigenen Raumes erschien ein fremdartig aussehendes Wesen, das sich uns langsam näherte.

Grauenvoll, dachte ich, wie kann ein Mensch nur so aussehen.

Er hatte mindestens drei Beine, wie ich in meiner Nervosität feststellen konnte, und trug bei dieser Hitze, die es im Haus hatte, einen schweren, dunklen Pelzmantel.

Hoffentlich Fake Fur, dachte ich ängstlich, kein Mensch trägt mehr echten Pelz.

»Hallo«, brummte es aus dieser schwarzweißen Wolle heraus.

»Hallo«, rief ich mit zitternder Stimme zurück, »warum haben Sie so eine lange Nase?«

»Damit ich dich besser riechen kann.«

»Sehen Sie«, sagte ich schon etwas mutiger und deutete auf meine kleinen, eng am Kopf anliegenden Ohren, »Ihre Ohren hängen als zwei riesige Lappen seitwärts herunter, warum?«

»Damit ich dich besser hören kann.«

Ich versuchte die Dinge zurechtzurücken, irgendwie kam mir dieser Dialog bekannt vor.

»Wer sind Sie?«, fragte ich jetzt mit fester Stimme, schließlich hatte ich ja Mami bei mir.

Sie summte leise vor sich hin, wiegte mich ein bisschen auf ihrem Schoß hin und her.

Das Ungeheuer verneigte sich höflich.

»Gestatten, mein Name ist Hugo vom Schlossberg und ich bin der Hund des Hauses. Zu deiner Information, ich bin ein Tier und meine Aufgabe in Zukunft ist es, dich zu beschützen.«

Er reichte mir freundlich die Pfote zum Gruß, blinzelte mir begütigend zu und verschwand zu Papi und Ben in die Küche.

Beschützen. Mich. Bodyguard.

Ei der Daus, dachte ich verblüfft. Es musste einen zwingenden Grund geben, warum mich meine Eltern nicht schutzlos in diesem Haus herumliegen lassen konnten. Hier, in meinem ganz eigenen Zimmer. Mit der süßen Biene an der Wand, begleitet vom goldenen Löwen, die beide mit Sicherheit ein Auge auf mich haben würden.

Nicht zu vergessen dieses kleine Pünktchen da oben in der Ecke. Es sah aus, als ob es sich jeden Moment dazu entschließen konnte, mit großem Gebrüll von der Zimmerdecke zu springen, auf meinen Feind drauf, bis er, vor Angst zu einem Käfer geschrumpft, wieselflink das Feld räumen würde.

Wen auch immer dieser winzige Punkt da oben in der Ecke darstellen sollte.

Meine Gedanken fuhren spielerisch Achterbahn. Sie überschlugen sich förmlich. Glühten sogar ein wenig, weil Mami, als sie mit einer Mary am Telefon sprach, betonte, so schnell als möglich wieder zu ihren kleinen Schülern in die Grundschule zurückkehren zu wollen.

»Ich bin gerne Mami und bei meinen Jungs

zu Hause«, sagte sie strahlend, »aber eine Lehrerin zu sein ist mein Traumberuf.«

Seit wann, dachte ich verwirrt, gehörten Gelehrte in die Kategorie VIPs? Meine Mami stand nicht im öffentlichen Interesse, nur weil sie kleinen Menschen das Einmaleins beibrachte. Sie hat meines Wissens keine neue Sprache erfunden, einen Sternhaufen entdeckt, oder Einstein, Newton und Curie ernsthafte Konkurrenz gemacht.

Ergo gelangte ich nach reiflicher Überlegung zur Kenntnis: Lehrerinnen waren keine VIPs, sondern normale Menschen wie ich und du, für Paparazzi uninteressant.

Hugo, dachte ich mit Tränen in den Augen. Mein einziger, echter Freund in diesen Kindertagen.

»Essen«, sagte Benedikt fröhlich und spähte um die Ecke, »die Würstchen sind schon heiß.«

»Wir kommen gleich«, sagte Mami und wackelte ein bisschen mit ihrer kleinen Nase, »dein Bruder braucht eine neue Windel.«

Benedikt stellte sich neben den Wickeltisch. Naserümpfend.

Von oben schweifte sein Blick über meinen

wohlgeformten Körper und ich rechnete insgeheim damit, dass er irgendetwas Löbliches darüber fallenlassen würde.

Beispielsweise: »Wow, diese Sixpacks«, oder so.

Stattdessen begann er zu grinsen und sagte ein bisschen abschätzig: »Ist der noch klein. Ob er wohl einmal so groß wird wie ich?«

»Ich will dir etwas sagen«, antwortete ich verärgert an Mamis statt, »erstens warst du mit einigen Tagen auf dieser Welt auch keine 1, 2, 3 Meter und zweitens werde ich einmal doppelt so groß wie du.«

»Was hat er denn zu jammern?«, fragte er leicht irritiert und schob mir den Schnuller in den Mund.

Aber um dem ganzen Ärgernis noch eine Krone aufzusetzen, fragte er unsere Mami allen Ernstes, ob sie glaube, dass sich die sieben Haare, die sich auf meiner Glatze befänden, wohl noch vermehren würden.

Ich bin auf dem Olymp

Ich wartete unserer Mutter Antwort gar nicht erst ab. Meine Haltung wurde steif. Meine Augen bekamen einen gefährlichen Glanz.

»Bruder«, sagte ich ruhig, absolut beherrscht und überlegen, dabei schob ich den Schnuller in den äußersten Mundwinkel, »auch die Fülle der Haare ist genetisch vererbbar. In null Komma nix trage ich so eine Frisur wie Papi, die wilde Mähne zu einer wohlgeformten Bürste getrimmt. Sportlich kurz, säuberlich gepflegt. Und mein Haar wird, im Gegensatz zu deinem, Papis Silber aufweisen, wenn nicht noch silberner. Wie wir aus Erfahrung wissen«, beendete ich die Diskussion überlegen, »wirkt graues Haar auf Frauen besser als dein braunes.«

Ben starrte mich an.

Ich war drauf und dran loszubrüllen, um mir mehr Gehör zu verschaffen, erinnerte mich aber im rettenden Moment noch rasch daran, dass ich eine kleine Waffe im Mundwinkel trug.

Alles andere war ganz leicht. Tief Luft holen, die Backen aufblasen und schwups – sauste das kleine Wurfgeschoss an Bens linker Schulter vorbei.

Ben starrte mir tief in die Augen.

»Hast du das gesehen?«, sagte er mit vor Bewunderung triefender Stimme, »mein kleiner Bruder wird mit diesem Trick der weltgrößte Kirschkernspucker aller Zeiten!«

Warum eigentlich nicht, überlegte ich besonnen, Einstein war mir mit seiner Relativitätstheorie zuvorgekommen, Newton mit seinem Gesetz, der dicke, gelbe Luftballon am Himmel war schon von den Amerikanern beflogen worden und auch das Telefon schrieben wir Alexander Graham Bell zu.

Trübe Aussichten für einen emporstrebenden Mann wie mich. Was, so grübelte ich ernsthaft, sollte einmal aus mir werden?

Warum also nicht die Chance beim Schopfe packen (was ist das?) und mein Bestes geben, um der Welt berühmtester Kirschkernspucker zu werden?

Das Buch der Rekorde winkte und die daraus resultierende Berühmtheit, die ich dadurch erlangen würde.

Jedes kleine Kind weiß, früh übt sich, wer ein Meister werden will.

Heute wohl nicht mehr, sagte ich mir beim Einschlafen, ein bisschen am Übungsgerät nuckeln und ein bisschen träumen.

Ehe ich's mich versah, war mein ganz eigenes Zimmer verschwunden. Grelles Sonnenlicht blendete mein Antlitz. Ich schob die Hände über meine Augen, um meine Umgebung besser erkennen zu können.

Ich stand auf einem hohen Turm, oder vielleicht war es sogar der Olymp. Tief unten lauter kleine Menschen, die wie von Sinnen zu mir hochkreischten.

Ich legte die rechte Hand wie eine Meeresmuschel hinter mein Ohr, um besser hören zu können.

Eine geballte Ladung Stimmen klang bis zu mir herauf, ja, ich stand auf dem Olymp, ich hatte den Zenit meines Sieges erreicht.

»Mischa, Mischa, Mischa«, brüllten sie frenetisch.

Das tat sogar ein bisschen weh, dieser Lärm, ich winkte der aufgewühlten Menge zu, erkannte meine Mami, die glücklich in der ersten Reihe stand und mit Tränen in den Augen ihre Hand auf den Mund hielt, wie um das große Freudenschluchzen zurückzuhalten.

Neben ihr erkannte ich ein paar Präsidenten der jeweiligen wichtigsten Länder dieser Erde.

Und da kam auch schon mein Bruder, er hielt etwas Glänzendes in der Hand, die olympische Flamme, wie ich bemerkte, und er stieg und er stieg, und er stieg, lang, und immer weiter, bis er mich nach vielen einsamen Stunden erreichte.

»Mischa«, sagte er mit gebrochener Stimme und zitternden Beinen. Von der Anstrengung möglicherweise.

»Nimm die olympische Flamme, zum Zeichen des Dankes dieser Erde. Du«, er deutete mit der wackeligen Flamme auf mich, fischte hinter seinem Rücken einen Lorbeerkranz hervor und warf ihn über mich.

»Du bist hiermit der Welt größter Kirschkernspucker.«

Ich riss die Hand hoch, nahm ihm die Fackel ab und hielt sie in den Wind. Gegen die Sonne, hin zu den glücklichen Menschen unter mir.

»Danke!«, brüllte ich glücklich, meine Stimme brach.

»Vielen Dank für euren Beistand. Eure groß-artige Hilfe. Euren Glauben an mich und den Geist des Sportes. Ich liebe euch alle!«

Vor Rührung brach ich zusammen. Da auf dem Olymp. Neben meinem Bruder.

Unangenehm, aber ich hörte meinen Magen knurren. Peinlich. Am größten Tag meines Lebens.

»Jetzt würde ich gerne auch ein Würstchen haben. Mit Kartoffelsalat.«

»Geht nicht«, sagte mein Bruder mit um-wölkter Stirn und zauberte etwas aus seiner Hosentasche.

»Tatatata«, sagte er grinsend und schwang eine Babyflasche mit weißem Inhalt hin und her.

»Für dich ist wie immer Milktime!«

Am nächsten Morgen wurde ich ein biss-chen unsanft geweckt, irgendjemand zupfte an meinem Hosenbein, dann fuhr ein Besen durch mein Gesicht, den ich mit fuchtelnden Händen wegzuschieben versuchte.

»Hör auf, mit deinen winzigen Händen an meinem Bart zu reißen«, knurrte jemand leise, »ich habe gerade versucht, dich aufzuwecken, bevor du das ganze Haus mit deinen wilden Rufen nach einem Wiener Würstchen zusammentrommelst.«

Hugo.

»Vom Olymp habe ich nichts gesagt?«, fragte ich ungläubig.

Hugo stieß sich mit den Vorderpfoten von meinem Bettchen ab, ließ sich auf sein Hinterteil plumpsen und wiegte den Kopf im Tick-Tack-Tempo hin und her.

»Was ist das, ein Olymp? Eine neue Wurstsorte?«

»Warte«, sagte ich glucksend, »ich erzähle dir alles.«

Ich muss gestehen, dass ich den Traum noch ein wenig aufbauschte. Für das Finale zauberte ich rasch ein paar stromlinienförmige Düsenjets aus dem Hut, ließ sie über die jubelnde Menge hinwegdonnern, um sie anschließend in eleganter Seitenlage abdrehen zu lassen.

Kann sein, oder kann auch nicht sein, dass ein Star am Steuer eines dieser windschnellen Jets hockte, um für einen Film zu proben. Möglicherweise irrte ich mich aber auch.

Hugo schniefte, hüstelte ein wenig.

Vermutlich weinte mein bester Freund vor Rührung.

Es schüttelte ihn. Er hielt den Kopf tief gesenkt.

»Nimm dir das doch nicht so zu Herzen«, versuchte ich Hugo ein wenig aufzumuntern, »es war ein guter Traum!«

»Von Wiener Würstchen auf dem Olymp«, prustete er los, brüllte dann vor Lachen, wälzte sich auf dem Boden hin und her.

Meine Mami rettete ihn davor, dass ich das Bärchen, das auf meinem Kissen neben mir lag, nach ihm schleudern konnte, denn wir hörten Mami, die sich auf den Weg zu meinem ganz eigenen Zimmer machte.

Aber so einfach ließ ich meinen besten Freund in diesen Tagen nicht davonkommen. Mich, den Helden der Nation verspotten!

Erbost holte ich tief Luft und ließ den Schnuller pfeilgerade auf seinen wolligen Scheitel sausen.

Hugo beäugte kichernd das Wurfgeschoss, biss hinein und kaute daran.

»Igitt«, sagte er, verzog das pelzige Gesicht und spuckte den zerbissenen Gegenstand einfach aus.

Beleidigt sah ich zur Zimmerdecke.

Ein bisschen erschrocken beobachtete ich den kleinen, schwarzen Punkt, der sich ruckartig nach unten bewegte, statt still in seiner Ecke da oben zu hocken.

In der Luft stehen blieb, sachte hin und her schwang, an einem imaginären Faden weiter rutschte.

Mami tauchte in mein Blickfeld, lenkte mich mit ihrer guten Morgenlaune ab. »Essen, kleiner Mann«, sagte sie fröhlich.

Ich spähte ihr noch rasch über die Schulter, kontrollierte den Standort dieses geheimnisvollen Pünktchens und hörte auf meine innere Stimme, die mir zuraunte, dass es sich vermutlich um einen Winzlingsmond handelte, der bald um mich, seine Sonne, kreisen würde.

Hugo hörte auf, theatralisch mit seinen 1, 2, 3 Beinen zu zucken, er sprang elastisch auf seine Pelzschuhe, schüttelte sich hastig und trollte sich wortlos nach nirgendwo.

»Hugo ist total unterfordert«, raunte mir Mami zu, »das wird sich spätestens in ein paar Stunden ändern.«

Sie hob mich behutsam aus dem Bettchen,

küsste mich auf den Mittelpunkt der sieben Haare und meinte im Hinausgehen so nebenbei, »heute wird er mit seinem Job, dich zu beschützen, reichliche Beschäftigung haben. Wir erwarten Gäste.«

Was ist das schon wieder? Gäste? Etwas Gutes verbarg sich wohl kaum dahinter, wenn mein Bodyguard parat sein musste.

Meine ersten Fans

Das klang ja wie eine Drohung: Achtung, Achtung! Gäste schleichen unerkannt durch den düsteren, nebelumwaberten Wald. Sie umzingeln geschlossen, leise wie Geister, das alte, ehrwürdige Haus, um in Windeseile in mein ganz eigenes Zimmer einzubrechen, mit der diabolischen Absicht, mich, klein und unschuldig, wie ich noch bin, zu rauben.

»Hugo!«, rief ich alarmiert. Mami setzte mich in eine kleine, extra für Babys angefertigte Wippe, die auf der hölzernen Küchenbank stand.

Hugo hockte sich wortlos neben mich und fokussierte seinen scharfen Blick auf eine Platte mit Speck, die Papi herantrug. Gäste«, murmelte ich und sog kräftig am Schnuller, ich war etwas nervös. »Was ist damit?«, fragte Hugo emotionslos. »Sind die gefährlich? Was ist das?«

»Es sind Menschen, die entweder Verwandte oder Freunde deiner Eltern sind. Sie kommen hierher, essen und trinken, halten sich den Bauch vor Lachen, oder vielleicht auch, weil sie Angst haben, gleich zu platzen, weil sie in so kurzer Zeit so riesige Portionen in sich hineingestopft haben. Wenn der Tisch leergeräumt ist, sie keinen Brotkrümel mehr übriggelassen haben, traben sie meistens schnell wieder von dannen. Dann ist der Spaß vorbei.«

»Stellen sie eine Gefahr für mich dar?«, ich schob den Schnuller in den äußersten Mundwinkel, um mich besser artikulieren zu können. Schnuller im Mund heißt, ständig zu nuscheln und zu sabbern. So wie alte Leute es öfters tun, wenn sie ihr Gebiss zum Baden schicken.

Hugo sah mich irritiert an. Er schob die rechte Pfote kreisend um sein pelziges Gesicht.

»Aber sonst geht es dir gut?« Er wartete auf meine Antwort.

»Ja, aber Mami sagte doch, dass du dann abgelenkt und beschäftigt sein wirst, dann, wenn die Gäste kommen. Also heute.«

Hugo schüttelte ungläubig seine langen Ohren.

»Diese Gäste sind nicht gefährlich. Keine

Sorge. Sie wissen nicht, dass dein Plan A bedeutet, der Welt größter Kirschkernspucker zu werden. Halte dich einfach ein bisschen zurück. Gib nicht dauernd mit deinen Schießübungen an. Du bist für sie einfach nur ein winziges neugeborenes Kind, mit einer Glatze auf dem Kopf.«

Er kicherte in seinen Pelzbart.

Obwohl ich das Gefühl hatte, sauer sein zu müssen, schließlich hatte er mich gerade zur totalen Normalität degradiert, ging es mir plötzlich besser.

Ich versetzte Hugo einen raschen, aber durchdringenden Blick.

Hugo starrte zurück, rang vor Übermut kurz nach Atem, beruhigte sich aber sofort, als wir meinem Papi in stiller Übereinkunft dabei zusahen, wie er, einer Arbeitsameise gleich, wortlos zum Kühlschrank stapfte, hineinspähte, Schüsseln entnahm, zum Küchentisch zurück trabte, alles ablud, um den Weg gebetsmühlenartig zurück zur offenen Kühlschranktür zu finden.

»Samstagsfrühstück«, sagte Hugo mit Glanz in den Augen, »das Ritual ändert sich nie.«

Hugo bemerkte, dass mein Papi bei diesen

Vorbereitungen völlig entrückt schien, so konnte er gefahrlos zum Tisch pirschen, sich kurz aufrichten und ein großes Stück Speck stibitzen. Wie eine flinke Maus, so schnell saß er wieder neben mir, schluckte rasch hinunter, mit ausdruckslosem, unschuldigem Blick.

»Das habe ich gesehen«, knurrte Papi, »Pfoten weg!«.

Wie sollte es auch anders sein, als dass ich natürlich wieder meine Milch bekam.

Mami und ich verschwanden in meinem ganz eigenen Zimmer. Papi und Ben versprachen, sich um den Haushalt zu kümmern, die kümmerlichen Reste des Frühstücks im Kühlschrank zu verstauen, die Spülmaschine zu füllen und die Küche in neuem Glanz erstrahlen zu lassen.

In meinem ganz eigenen Zimmer fehlte der schwarze Punkt.

Wie schnell kann sich denn so ein kleines Pünktchen schon bewegen? Ich musste Hugo fragen.

»Heute wirst du schön gemacht«, sagte Mami lächelnd.

Sie griff zur extra feinen Babybürste, schob sie wie einen Pinsel sacht auf meiner Kopfhaut hin und her und vollendete dann ihr Werk, indem sie meine Haare zu einem eleganten Seitenscheitel strich.

»Zur Feier des Tages solltest du etwas Besonderes tragen.«

Smoking, schlug ich in Gedanken vor, mit Kummerbund.

Sie kramte im Kleiderschrank, murmelte zusammenhanglose Worte vor sich hin und kam mit einer blauen Hose zum Wickeltisch zurück.

»Deine erste kleine Jeans, und einen nebelgrauen Pullover, mit Kapuze.«

Strahlend wickelte sie mich in die neuen Sachen.

Dann trat sie ein Stück zurück, um ihr Werk zu begutachten.

Seitenscheitel, Jeans, Pullover. Müffelndes Streetwear.

Contra: Seidenhemd, gestreift, Button-Down-Kragen, Bespoke-Anzug, Krawatte, handgemachte Budapester. Savile Row.

Man kann mit sieben Tagen nicht alles haben.

Müde nuckelte ich ein bisschen an meinem Schnuller. Ich hörte noch das eilfertige Klackern von Hugos Krallen, als er den Flur entlang in mein ganz eigenes Zimmer spurtete.

Es konnte bestimmt nicht schaden, dass er ein wachsames Auge auf mich warf.

Die »Gäste« stellten sich dann als ein Bilderbuch aus Gesichtern heraus, die sich über mein Bettchen beugten, lustige Quietschlaute der Verzückung von sich gaben und leise murmelnd wieder aus meinem Zimmer schlichen, einer eifrigen Karawane gleich.

Möglicherweise träumte ich das alles ja nur, denn ich hörte auch so einiges, das mir im wachen Zustand nicht gefallen hätte: »Babys mit ein bisschen Haar auf dem Kopf sehen einfach niedlicher aus. Glatzen waren noch nie modern.«

Im wachen Zustand hätte ich meinen Kritikern einen Besuch im Zoo vorgeschlagen, da ist gerade ein Orang-Utan-Baby geboren worden.

Man kann sich seine Gäste leider nicht immer aussuchen.

Es war schon leicht dunkel vor dem Fenster, als mich ein Kitzeln, als würde eine Feder über meine Wangen streichen, vollends weckte.

Zwei mandelförmige Smaragde betrachteten mich still. Aus nächster Nähe. Edelsteine mit breit gefächertem Bart, erkannte ich schielend.

Das Wesen stupste mich mit einer rosafarbenen Nase zart an meine Nase an. Und zwar diese Nase, die ich angeblich von meinem Papi habe.

»Hallo«, sagte ein kleiner Bootsmotor. »Mein Name ist Kisa. Ich bin eine Katze.«

Sie kicherte ein bisschen, es klang wie ein langgezogenes Brruuu.

»Hab keine Angst«, versicherte mir Kisa, »Hugo, dieser Clown, sitzt da unten neben deinem Bett und wacht über dich.« Ihr spitzes Lachen klang eigentlich so, als ob das ein Witz wäre.

Hugo sagte: »Hmpf.« Man merkte ihm an, dass er vom Scheitel bis zur Hundesohle beleidigt war.

»Komm, Hugo«, sagte Kisa versöhnlich, »sei kein Spielverderber. Mischas Omi geht auf Reisen und ich bleibe hier. Wohin sollte ich denn sonst gehen?«

»Du hättest ja beispielsweise in die Hölle fahren können«, sagte Hugo wie aus der Pistole geschossen.

Ohoh, das sah nicht gut aus. Hund und Katz vertragen sich wohl nicht, grübelte ich schweigend und ließ den Schnuller in meinem Mund wie einen Propeller herumsausen.

Kisa sah fasziniert auf das Schauspiel, das ich großzügig darbot. Probeweise stupste sie mit ihrer kleinen Pfote auf die Schnullerblume, ob sie dann vielleicht aus meinem Gesicht fiel.

»Kann ich dieses Spielzeug haben?«, sie nickte eifrig.

»Das ist sein Schnuller«, gab Hugo missmutig zu bedenken.

Kisa zuckte die schmalen Schultern, oder wie immer auch dieses Körperteil bei Katzen heißen mag.

»Ben hat keinen«, überlegte Kisa rätselnd, »ich habe ihn noch nie damit gesehen.«

»Ben ist ja auch zwölf Jahre älter als Mischa«, man hörte seiner Stimme deutlich an, dass er wieder Oberwasser bekam, wie überlegen er sich plötzlich fühlte, ein alter Hase eben. Ein Veteran, in der Welt der Babys.

»Komm, Mischa, lass sie nicht so lange schmoren«, forderte er kumpelhaft lässig und kniff sein rechtes Auge kräftig zu. Wie ein listiges Teufelchen kicherte er in sich hinein.

Wie diplomatisch unauffällig, dachte ich fröhlich.

The show must go on, wie wir Weltbürger immer vor dem Training zu sagen pflegten.

Der größte Kirschkernspucker machte sich bereit: eins. Zwei. Drei!

Ich sog die Luft bis tief in meine Lungenspitzen, geräuschvoll, ich steigerte die Spannung gekonnt, fast so gut wie im Zirkus, blies die Backen mächtig auf und – Schuss.

Zischend flog der Schnuller an Kisas Barthaaren vorbei.

Kisa, die schönste, klügste Katze der Welt

Sich umdrehen und dem Sausenden Schnuller hinterherjagen war eines. Eine einzige, flüssige Katzenbewegung.

Man hörte leise, sich entfernende Raschelgeräusche, als sie den Schnuller wie einen kleinen Puck durch den Flur pfefferte.

»So überwältigt habe ich Kisa noch nie gesehen«, sagte Hugo staunend.

»Katzen, mit ihrem dämlichen Spieltrieb.«

Ich lauschte fasziniert seinem Monolog. Kurz, so 1, 2, 3 Stunden.

Aber man sagt kleinen Kindern nach, dass sie in meinem Alter noch an einem Aufmerksamkeitsdefizit leiden, wie sonst war es erklärbar und logisch, dass mir die Frage nach dem schwarzen, kleinen Punkt, der in meiner Ecke fehlte, herausrutschte?

»Hugo, wohin ist Mimi Spiderling verschwunden?«

Er legte den pelzigen Kopf so schief, als wäre

er ein Boot, das gerade zu kentern drohte. »Ich verstehe deine Frage nicht.«

Er setzte sich wie ein kleines Känguru auf seine wippenden Hinterbeine, machte »Männchen«, ruderte ausgleichend mit den Vorderpfoten. Hugo schien verwirrt.

»Die Frage ist ernst gemeint? Du mit deinen sieben Tagen und deinen sieben Haaren auf dem Kopf willst tatsächlich wissen, wo diese kleine Spinne hingewandert ist?«

»Wenn sie hier in meinem ganz eigenen Zimmer wohnt, gehört sie doch mir«, meinte ich ein bisschen stur. Hugo schüttelte den Kopf.

»Im Leben nicht. Spinnen sind keine Kuscheltiere wie Hunde oder Katzen. Was willst du denn damit? Soll sie dich lehren, wie man Netze spinnt? Oder Fliegen fängt? Noch ist sie klein, aber warte ab, bis sie so groß ist wie ihre Mom, dann krabbelt sie auf ihren 100 Beinen wieselflink in diesem Haus herum. Stiert dich mit ihrem Auge an und beißt dich.«

Er hoppelte wie ein Hase, verlor das Gleichgewicht und fiel auf seine 1, 2, 3 Pfoten zurück.

»Lassen wir das Thema ruhen«, schlug ich, ganz der weltmännische Diplomat, vor.

»Andere Frage: Was ist eine Omi?«

»Leicht erklärt«, sagte Hugo, vor Vorfreude wedelnd.

»Sie ist die Mutter deiner Mami. Sie hat eine Hundekeksfabrik, denn wann immer sie hier auftaucht, zaubert sie diese Leckerbissen in großen Mengen hervor.«

»Das trifft sich gut«, sagte ich vor Vorfreude schmatzend, »ich will auch einen Hundekeks.«

Hugo starrte mich trübselig an.

»Keine Chance«, sagte er geziert, »ist nur für Hunde. Darum heißt es ja auch ›Hundekeks‹ und nicht ›Babykeks‹.«

Mami und ein Lockenkopf trafen gleichzeitig ein.

Mami schob diese Person näher an mein Bett. Lockenkopf beugte sich über mein Bettchen, küsste mich geräuschvoll auf beide Backen.

»Hallo, kleiner Mann.«

Die Erfahrung mit meinem Bruder hatte mich gelehrt, dass es wohl keine bewundernden Blicke auf meine Sixpacks geben würde.

Ich wartete auf das leidige Thema, mein Haupthaar betreffend.

Sie zauberte einen kleinen Gegenstand hervor.

»Für dich, kleiner Mischa, dein erstes Badebuch, und für dieses hübsche Wollschaf einen Hundekeks.«

Hugo tat ein wenig übertrieben, wie ich fand. Er fegte begeistert den Holzboden mit seinem buschigen Schwanz, machte einen Umkreis von 1, 2, 3 Metern sauber und wirbelte sicher 1, 2, 3 Staubmilben auf. Oder vielleicht auch weniger.

»Hugo«, sagte ich neidvoll, »schmatze ein bisschen weniger laut.«

Wie im Märchen tanzten alle Kinder glücklich im Kreis, schwenkten fröhlich ihr neues Badebuch und schliefen trotzdem etwas missmutig ein.

Als ich aufwachte, verfolgte ich mit noch geschlossenen Augen einen lebhaften Dialog.

»Du musst aufpassen«, presste ein dumpfes Stimmlein hervor, »diese Hauskatze ist gefährlich. Wie du schon öfters gesehen hast, jagt sie Spinnen, macht sie ohne Federlesens mit ihrer Pfote platt und gnade der Spinnengöttin, was dann passiert. Mimikind, ich habe dich nicht in diesen Palast gebracht, damit du zu einem Snack degradiert wirst.«

»Seit wann können Katzen die Wände hochklettern?«, piepste Mimikind angeberisch, »mich muss sie erst einmal erwischen.«

Mimikind?

Endlich!

Gleich würde ich wissen, welches Wesen dieser winzige, schwarze Punkt darstellte.

Das Geheimnis sollte also gelüftet werden, dachte ich gespannt und riss die Augen hastig auf.

Sie schwebte vor meinem Gesicht, wehte an einem dünnen Faden hin und her. Wie eine winzige Maschine bewegte sie ihre 1, 2, 3 Beinchen, kletterte ein Stück höher, rutschte wieder runter, genau vor meine Nase.

»Hi«, lispelte sie.

»Meinst du mich?«

»Gerüchten zufolge wohnst du jetzt hier.«

»Ja, und wenn ich meine Mami richtig verstanden habe, noch die nächsten 18 Jahre. In diesem meinem ganz eigenen Raum.«

»Wir wohnen überall«, stellte sie ein wenig großspurig klar und winkte mit einem dünnen Beinchen ab. »Uns Spinnen gehört die Welt.«

»Die ganze?«

»Ja, vermutlich die ganze. Was sollte uns aufhalten?«

Der kleine Punkt schaukelte angeberisch auf dünnen Füßen auf und nieder.

»Ihr habt natürliche Feinde«, überlegte ich laut, »Kisa zum Beispiel. Wenn ich den Dialog von vorhin richtig verstanden habe, wurdest du davor gewarnt, dass sie dich mithilfe ihrer Pfote plattmacht. Dich anschließend als Snack verspeist. Was ist ein Snack?«

»Hast du Pudding im Kopf?«, sagte das kleine Getier überheblich, »ein Snack ist eine Zwischenmahlzeit. Bei uns kann es auch eine kleine Stechmücke sein, die wir in unserem Netz fangen, oder ein Floh.«

»Das klang vorhin ganz anders«, sagte ich stur, »irgendjemand hat dich vor Kisas Pfote gewarnt.«

»Ach, das«, sagte Mimi und knüpfte spielerisch ein paar lose Fäden, »meine Mom gehört zu den Schwarzsehern. Ständig ist sie auf der Hut. Es könnte ja von irgendwoher ein großer Besen auf sie runtersausen, um sie dann gnadenlos in eine Ecke zu fegen.«

Plötzlich hörten wir ein diabolisches Kichern.

»Na, wen haben wir denn da?«

Kisas Kopf tauchte wie ein frecher Kobold hinter meinem Kopfkissen auf. Mit einer kurzen Wischbewegung fuhr ihr breit gefächerter Bart über meine rechte Wange und hätte es fast geschafft, das kleine Spinnlein über den Rand meiner Bettdecke hinwegzufegen.

Mit Panik in den Augen rettete sich Mimi auf meine winzige Nase und zitterte.

Ihr Keuchen ging in rasselnden Husten über, und man hörte mehr, als man sah, dass sie arg in Bedrängnis geraten war.

»Gut gemacht«, stellte Omis Katze fest, »auf Mischas Nase kann ich dich nicht erwischen, aber ich habe Zeit. Komm nur runter von seinem Gesicht. Patsch, bist du tot.«

Kisa besah sich, so als hätte sie alle Zeit der Welt, in völlig gelangweilter Geste ihre rechte Pfote, drehte sie hin und her, streckte sie weit von sich, dann zog sie die linke elegant hinterher, machte ihren geschmeidigen Körper wie eine Wurst so lang, drehte sich dann wie ein Kreisel ein und bettete sich neben meine rechte Hüfte.

Verschlagen fixierte sie mein Näschen.

»Kisa!«, rief Omi freundlich.

»Kommst du bitte kurz. Du hast hier etwas liegen lassen.«

Kisa verdrehte genervt die Augen, setzte sich geschmeidig auf ihr Hinterteil, schlang ihren langen, seidigen Schwanz um ihre Vorderpfoten.

Sie wartete geduldig ab, obwohl man imaginäre Sekundenzeiger ticken hören konnte.

Ihre riesigen, hoch aufgestellten Ohren drehten sich parabolantennengleich in Richtung Küche.

»Sie hat sicher die tote Maus gefunden«, raunte mir Kisa zu, »ich habe sie ein bisschen achtlos unter die Küchenbank gefetzt.«

»Willst du den zerbissenen Schnuller noch haben oder nicht?«, rief Omi laut. Kisa tat einen gestressten Atemzug.

Heute nehmen wir den Rolls Royce

Katzengöttinnen sei Dank. Mischas Spielzeug sollte ich besser in Sicherheit bringen. Bevor Hugo damit in seinem Körbchen verschwindet und das Teil mit seinen langen, hässlichen Zähnen zerreißt.«

»Eine Primaballerina assoluta«, dachte ich ehrfürchtig, als Kisa einen eleganten Sprung nach unten zum Fußboden machte.

Mimi fächelte sich hastig mit allen verfügbaren Beinchen Luft zu, dann überprüfte sie rasch die Lage, kurzer Blick von rechts nach links, dann rutschte sie von meiner Nase, kletterte auf meinen Bettrahmen und spann sich rasant ein Sicherheitsseil. Wie ein besoffener Seefahrer schwankend, balancierte sie nach oben in ihre Zimmerecke.

»Nicht zu fassen«, flüsterte mir Mimi düster zu, »ich hätte es fast hinter mich gebracht.«

Sie wirbelte sekundenlang herum, dann hockte sie sich in das kleine, rasch hervorgezauberte Netzchen.

»Nach dieser Aufregung finde ich es angemessen, ein kleines Nickerchen zu halten«, sagte sie leise, und kurz darauf hörte ich ihr Schnarchen.

Ich gluckste fröhlich im Takt mit. Machte Spuckebläschen, denn in Ermangelung meines Trainingsgerätes wusste ich im Moment nichts Besseres mit mir anzufangen.

Im Geiste errechnete ich verschiedene Flugbahnen für einen Sausenden Schnuller.

Mir war zwar klar, dass es zwecklos sein würde, still leidend ein wenig Aufmerksamkeit zu bekommen, aber ich konnte es ja mal versuchen. Ich brach in lautes Babygeheul aus.

Wie nicht anders erwartet, hatte ich damit den Marschbefehl erteilt: Die Kompanie rückte geschlossen an.

Mami voran, Omi hinterher, Hugo im Schlepptau, mit wehenden Fahnen.

Hugos Kiefer mahlten geräuschvoll, er zerbiss einen Hundekeks.

Ich muss ziemlich niedergeschlagen ausgesehen haben, denn alle drei beugten sich mitleidig über meinen Bettrand.

»Gib Omi zum Abschied ein kleines Küsschen«, sagte Omi und schmatzte auf meine tränennassen Wangen.

»Ich verspreche dir, mit vielen verschiedenen Schnullern aus meinem Urlaub wiederzukommen.« Omi tätschelte mir die Wange und Mami schob mir besagtes Utensil zwischen die Lippen.

»Das Taxi wird gleich da sein«, sagte Mami traurig. »Komm, ich helfe dir mit deinen Koffern.«

Unsere Blicke wanderten den roten Augen der sich entfernenden Blechschachtel hinterher. Zuerst hatte dieses Ding mit lautem Schmatzen die Koffer meiner Omi aufgefressen, und dann, ohne Spur von Angst, war Omi in das schwarze Ungetüm geklettert. Es hatte ein grelles Bäuerchen gemacht und war um die Ecke gezischt.

»Jedes Mal, wenn ein Mensch von hier wegfährt, hupt das Auto laut. Was kommt den Taxifahrern bloß in ihr verwirrtes, mit Denkfäden verwobenes Gehirn?«

Kisa war sichtlich genervt gewesen, als das Auto, beziehungsweise diese Blechschachtel, quiekenden Lärm gemacht hatte.

Hugo beobachtete die Katze ratlos und Mami machte mit meiner rechten kleinen Faust heftige Wedelbewegungen.

»Mach zur Omi winke, winke«, sagte sie fröhlich.

Wozu, dachte ich, ganz der alte Griesgram, sie ist gerade von einem Riesen aufgefressen worden.

Mami zwickte mich fröhlich in die Backen, öffnete summend die Haustüre und sagte mit rätselhaftem Unterton: »Heute nehmen wir den Rolls-Royce.«

Kisas smaragdhelle Augen waren aufgeblitzt, Hugos buschiges Schwänzchen rotierte so schnell, dass ich mich fragte, ob er wohl gleich zum Himmel hochzischte, wie Hubschrauber es eben so machten. »Was ist ein Rolls-Royce?«, fragte ich in die helle Stille des Flurs hinein.

Papi arbeitete in der Klinik, Ben war zu einem geheimnisvollen Abenteuer in einen Ort namens »Schule« aufgebrochen, und so waren Mami, Kisa, Hugo, Mimi und ich allein in dem warmen Haus, um einen Rolls-Royce zu nehmen.

Mami setzte mich in den aerodynamisch geformten Pilotensitz mit Vier-Punkt-Gurt, der auf der Küchenbank stand, und lief nach draußen.

Kisa sprang auf den Tisch und beschnüffelte die Schale mit buntem Obst.

Hugo ließ sich neben mich auf die Bank gleiten. Er spitzte die flauschigen Hängelappen, Mimi lungerte wie üblich schnarchend in ihrer Zimmerecke herum.

»Rolls-Royce«, sagte Kisa mit vor Überheblichkeit schleppender Stimme, »ist eine lange Geschichte mit ellenlanger Tradition.«

Wir lauschten gespannt.

»Dein Onkel Alfred hat so eine Blechschachtel in seiner Garage stehen, aber man muss ›Flying Lady‹ dazu sagen. Sonst ist er beleidigt. Er sagt immer, dass er diese teure Lady mehr liebt als Tante Resi. Darum lebt sie vermutlich auf einem anderen Kontinent. Onkel Alfred ist froh darüber, er sagt immer zu Omi, ›ich habe meine Lady und Resi ihren Kurt.‹«

Sie machte eine kurze Atempause, sendete Kontrollblicke zu unserer Bank und stellte zufrieden fest, dass ihr Publikum Augen und Ohren offenhielt.

Ich schmatzte ein wenig am Schnuller, überlegte 1, 2, 3 Stunden lang, ob ich zur Untermalung von Kisas fader Erzählung ein paar Trainingsläufe absolvieren sollte: tief Luft holen und so. Ich verstand den Kern der Sache nicht.

Kisa schaute mir mit schräggestelltem Kopf tief in die Augen, Hugo wurde von ihr völlig ignoriert, da langte sie blitzschnell und ohne erkennbaren Übergang nach meiner Schnullerblume, pfefferte sie mit einem gezielten Pfotenhieb aus meinem Mund.

Sie lachte begeistert. Meine Lippen bildeten ein erstauntes ›O‹.

»Einfacher, als ich dachte«, murmelte die getigerte Katze, setzte zum Sprung an und wetzte hinter meinem Schnuller her.

»Hey«, rief ich ihr säuerlich nach, »was ist jetzt mit Mamis Rolls-Royce?«

»Ach, das«, ihre Stimme war kaum noch zu hören, sie war auf den Speicher geflitzt, »lass dich nicht täuschen, deine Mami meint nicht etwa die Luxuskarre«, ein quietschendes Geräusch näherte sich langsam, »sie gibt bloß mit ihrem englischen Kinderwagen an.«

»Deine erste Ausfahrt«, sagte Mami strahlend und wackelte an einer silberfarbenen Lenkstange, die an einem Ungetüm klebte, »an die frische Luft.«

Heute nehmen wir den Rolls-Royce. Okay.

Wenn ich der Welt größter Kirschkernspucker bin, hole ich mir einen RR Phantom.

Die schwarz glänzende Karosserie nennenswert tiefergelegt.

Mit dem brettere ich dann die Mainstreet entlang. Auf der einen Seite hinauf, Kurve, auf der anderen Seite wieder runter.

Lasse lässig den linken Ellenbogen aus dem halbgeöffneten Fenster hängen und spüre das dumpfe Vibrieren der Bässe, die aus mehr als 1, 2, 3 Lautsprechern dröhnen.

Ab und zu greife ich nach meiner Trinkflasche, die auf keinen Fall Milch enthält.

Möglicherweise ist da Kakao drin. Oder Fencheltee, weil mir die Aufregung auf den Magen schlägt.

Ich sah mich so dahin cruisen, endlos lange, als plötzlich ein Blitz in meine halb durchdachten Träume wirbelte.

Rolls-Royce. Immer noch ein Phantom. Cognacfarbenes Leder. Eine dezent integrierte Bar. Sie beinhaltet große, grüne Glasflaschen mit glasiger Flüssigkeit. Und in der Bar sind Hundekekse. Meine eigenen Hundekekse.

Dazu gibt es leise Musikklänge, die wie Wellen das Innere des Wagens durchbrechen.

Ich. Werde. Gefahren.

Rolls-Royce. Luxus. Chauffeur. Hugo tippt sich an die Mütze.

Ich ließ den Ellenbogen lässig aus dem Fenster baumeln, spürte den sanften Fahrtwind. Jemand zupfte an meinem Arm. Etwas wird drübergestreift.

Mami wickelte mich wortlos in verschiedenen Lagen ein, wie eine Mumie auf Reisen. Zum fernen Nordpol.

Das fest verschnürte Paket landete im englischen Kinderwagen, der, wie ich in meiner unsagbaren Klugheit bemerkte, nichts anderes war als ein Kinderbettchen auf 1, 2, 3 wagenhohen Rädern. Ein Plastikteil wurde vor meine Augen geschoben. Draußen wehte der arktische Sturm. In meiner Höhle war es warm.

Mami lugte zu mir herein. Sie hatte sich einen mit grober Wolle gewirkten Kochtopf übergestülpt, tief bis in die Sehschlitze gezogen.

Ein dickes, unförmiges Seil umschlang ihren Hals, bedeckte das Kinn und endete kurz unter der Nase.

Mami nannte es ihren Lieblingsschal.

Sie wedelte mir mit lustigen Gesten ihrer beiden Hände zu, die in dicken Socken steckten.

Der Rest von Mami war in eine dicke Decke gehüllt, die fast über den Boden schleifte, gebremst von klobigem Schuhwerk.

Wir wanderten los. Raus aus dem Haus, rein in die frische Luft.

Ich – Hänsel und die Hexe

Der Wind heulte übers Feld, brach sich an der hohen Karosserie meiner Kutsche, ließ das Chassis erzittern, die Pferde wieherten im Sturm. Hugo bellte zur Warnung, da er eine Meute wilder Wölfe, die aus dem Wäldchen zu uns herüberspähten, mit seiner hervorragenden Nase gewittert hatte. Kisa, die nichts von Sturm und Wölfen hielt, blieb mit Mimi im Haus zurück.

»Frische Luft wird total überbewertet«, hatte sie geraunzt, locker mit den Pfoten abgewunken und es sich in Papis Lederstuhl gemütlich gemacht.

Ich nuckelte im Rolls etwas gelangweilt am Schnuller. Das edle Gefährt ruckelte auf einem unebenen Feldweg, der uns zu der nahegelegenen Eichenallee führen sollte.

»Ja, wen haben wir denn da?«, schnarrte es in unserem Rücken.

»Alo, Fau Fneider«, brummelte Mami durch ihren Lieblingsschal etwas dumpf.

Die knarrenden Schritte wurden schneller. Mami bremste die Kutsche ruckartig ab, um

Frau Schneider einen kurzen Blick auf den lang ersehnten Prinzen dieses Landes gewähren zu lassen.

Den Helden seiner Tage. Der Welt größten Kirschkernspucker.

Mich!

Eine runzelige, etwas zu groß geratene Rosine mit zwei eng zusammenstehenden Haselnüssen lugte zu mir herein. Die Kiefer mahlten ruckartig, als kaute sie an einem Stück trockenem Hundekeks.

Das graue Haar bauschte sich über einem üppigen Fellkragen, der ein wenig nach Mottenkugeln roch. Der Kopf trug ein dürftiges Fuchsfell, man sagte auch Kappe dazu, es strömte muffig bis zu mir herüber.

»Na, was bidudennfüreiner?«, quietschte Frau Schneider, nicht im Ansatz das hohe C treffend.

Ein dürrer Finger wedelte vor meinen Augen herum.

»Man kann ihn kaum sehen«, schnarrte sie unzufrieden.

Der Knochen schob sich unter mein Mützchen und machte Anstalten, es mir abzuziehen.

Damit sie mich besser sehen konnte. Nei! Hein!

Man fährt mit seinen dünnen, runzeligen Fingern nicht in fremde Kinderwagen, in denen fremde Kinder liegen, und fuchtelt dann auch noch im Gesicht dieses Kindes herum.

Erbost losplärren oder kämpferisches Verhalten an den Tag legen.

Ich entschied mich, meinem Namen zur Ehre zu gereichen!

So nebenbei und wohl geübt – tief Luft holen und ohne Unterbrechung, oder Zögern – Schuss.

Leider streifte der Schnuller nur minimal ihre runzelige Rosinenwange. Ich warf ihr einen bösen Blick zu. Sie warf mir einen bösen Blick zurück.

Sie entschwand hastig aus meinem Gesichtsfeld, grimmiges Gemurmel hinter sich herziehend.

»So ein kriminaler böser Bube. Seine Eltern werden sich noch wundern. Na, lass den mal in die Schule kommen!«

Was ich glücklicherweise damals nicht ahnte: Sie würde mich in ihrer ersten Grundschulklasse willkommen heißen.

Frau Schneider war eine nette, geschätzte Kollegin meiner Mami.

Trotzdem verlief die Verabschiedung auf beiden Seiten etwas frostig.

»Frechheit«, brummelte Mami, den Schal jetzt achtlos zur Seite schiebend, damit ich sie besser verstehen konnte, »einfach in deinen Kinderwagen zu greifen.« Sie gab mir den Schnuller zurück. »Gut gemacht, mein Sohn!«

Wir setzten friedlich unsere Reise fort, allerdings ohne nennenswerte Ereignisse.

Als wir alle die Nase von der frischen Luft voll hatten, befahl Mami den vier Kutschpferden, ohne größere Umwege zum Schloss zurückzukehren.

Hugo trabte tapfer nebenher und freute sich schon auf seinen vollen Napf, der ihn zur Abendessenszeit erwartete.

Wir hatten es also alle eilig, in die Geborgenheit unserer 1, 2, 3 Wände zu kommen. Mami sehnte sich nach einer Tasse Tee.

Ich auch.

Ein gutes Buch, vor dem flackernden Kaminfeuer zum Lesen mitgenommen, wäre jetzt ein Traum.

Ich würde das Badebuch heute auslesen, beschloss ich zufrieden. Und wenn es die ganze lange, dunkle Nacht dauerte.

Leider hatte mich die wunderbar frische Luft so müde gemacht, dass ich weder das Auswickeln der Mumienbänder noch das Teetrinken und Bücherlesen in wachem Zustand weiterverfolgte.

Ich träumte von grimmigen Rosinen, die auf wilden Hexenbesen hinter uns herjagten.

Eine davon lockte mich mit zuckersüßer Geste, sie bot mir einen knusprigen Haferkeks an, in eine ausgefuchste Falle.

Kaum hatte sie mich in ihre schäbige Hütte gelotst, sperrte sie zu.

Sie lehnte ächzend das wagenradgroße Schlüsselbund gegen einen heruntergekommenen Steinkamin, der vor sich hin bröckelte. Kleine, graue Kiesel rollten achtlos vor unsere Füße.

Schwarze Rauchwölkchen verpufften mit kleinem Knall in der Luft, als das Feuer seine rote Zunge nach dem morschen Holz ausstreckte und es gierig verschlang.

Sollte ich das als Zeichen werten, überlegte ich und trat ein wenig nervös von einer rutschfesten, hellblauen Socke zur anderen.

Meine Überlegungen zur Seite schiebend, warf sich die Alte mit derben Flüchen auf den runzeligen Lippen auf einen wackeligen Stuhl.

Bärenfell, räudig und ausgefranst, hing bis über die dünnen, vereinzelten Holzsprossen, die eine rückenschonend ergonomisch geformte Lehne bilden sollten.

Ich witterte mit meinem kleinen Näschen einen Schwall Mottenkugelgeruch, der dem üppigen Pelz entwich, und musste herzhaft niesen.

Auf einem niedrigen Beistelltisch von Ikea lag eine mintgrüne Plasikschüssel, bis zum Rand gefüllt mit Gebäck.

Es roch so stark nach Backpulver, Konservierungsstoffen und diversen E-Farben, dass ich den Lockungen der Backwaren ohne großen Verzicht widerstehen konnte.

Das Hexenweib fuhrwerkte in seiner schmutzigen, löchrigen Küchenschürze und zauberte einen mageren Hühnerknochen zutage.

Sie hielt ihn dicht vor ihre trüben, tränenden Augen, der Kamin puffte und spuckte noch immer seine schwarzen Wölkchen bis zu uns her, und warf dann den Knochen bis vor meine Füße.

»Hänsel«, sagte sie mit schnarrender Stimme, trockener als Sand, »du bist zu dünn. Bevor ich dich zu einem guten Braten verarbeiten kann, solltest du noch 1, 2, 3 Gramm mehr auf die Waage bringen.«

Erschrocken suchte ich nach einem geeigneten Fluchtweg. Ich stand ja nahe an der wurmstichigen Holztüre.

»Ich heiße nicht Hänsel«, stellte ich klar, meine Stimme zitterte noch ein wenig; im Abgang etwas rostig.

»Mein Name ist Mischa. Ich bin der Welt größter Kirschkernspucker«, fügte ich stolz hinzu und gab dem Knöchelchen einen gezielten Tritt, sodass es in ihre Richtung flog. Es landete mit dezentem Geräusch kurz vor ihren dürren, O-beinigen Füßen, die in ausgelatschten Birkenstocks endeten.

Dann fanden meine Fingerchen völlig selbstständig den Weg zu meinem Schnuller, der an einer bunten Plastikkette um meinen Hals hing.

Ich nahm mit ruhiger Hand gezielt die kleine Waffe in den Mund.

Jetzt galt es keine Zeit zu verlieren.

Ich konzentrierte mich kurz. Mit geschlossenen Augen, den Hustenreiz unterdrückend, die Luft war rauchgeschwängert.

Einatmen und schießen. Nur kurz anvisieren. Peng!

Mitten ins glühende Feuer. Eine kleine Explosion folgte, nachdem der Schnuller zu verformtem Matsch zwischen den glühenden Holzscheiten dahinrann.

Die Hexe blinzelte mich aus kurzsichtigen Augen an, stand auf und stelzte zum Ofen.

Ihre Überraschung ausnutzend und zur Tür rennend, suchte ich das Heil in der Flucht.

Während ich durch den dunklen Wald irrte, die Wölfe liefen friedlich an meiner Seite, musste ich immer daran denken, dass im großen kosmischen Plan vorgesehen war, dass ich dem alten Weib einen Schubs hätte geben müssen, um siegreich aus diesem Märchen hervorzugehen.

»Andere Leute halten sich einen Hahn!«

Kisa starrte mit durchdringendem Blick auf Hugo, der schweratmend um die Ecke gesaust kam. Er hielt etwas im Maul, dass sich mit jämmerlichen Gequieke zu wehren versuchte.

»Jetzt ist sicher das ganze Haus wach«, sagte Kisa und warf kopfschüttelnd einen abschätzigen Blick auf den herumhüpfenden Hund.

Hugo und sein Badeschwein

Er wird eine haarsträubende Niederlage gegen das Badeschwein einstecken müssen«, raunte sie mir vertraulich zu, sprang vom Bett und eilte in die Küche, sie hatte das Klappern von Töpfen gehört.

Hugo warf sich auf den Boden, legte den Kopf zwischen seine Pfoten und fixierte knurrend das leuchtend rosa Plastiktier.

»Sie ist nur neidisch«, flüsterte er grinsend, »ich besitze eine ganze Holzkiste mit Spielsachen. Und alle machen sie laute Geräusche.«

Mami kam ins Zimmer getrabt.

Ihre zerzausten Haare fielen ihr in die Augen, die so rot waren, als ob sie kleine, tragbare Lampen eingesetzt hätte.

Die Nase ähnelte einem vor sich hin tropfenden Schwamm.

Sie schwenkte ein weißes Papiertuch, als ob sie die Friedensfahne im Krieg gegen die Viren hissen wollte.

Sie verlor den Kampf, das Niesen wurde jetzt nur unterbrochen von Husten.

»Aus die Maus«, krächzte sie, »jetzt ist ein

Fläschchen im Anmarsch.« Sie trottete in die Küche, um mein Frühstück zu überdenken.

»Eine Minute«, rief sie mir aus der Küche zu.

Meine Ohren glühten. Ein Fläschchen? Schampus? Herrlich gekühlt.

Im Rolls-Royce Phantom, Krug Collection, Jahrgang 1928.

Dazu zart gebräunten Toast, Eier Benedict, Lachs, in hauchdünnen Schnitten, abrunden lasse ich das Ganze mit einem Döschen russischen Kaviar!

Meine Lippen schmatzten lautlos vor sich hin, ganz ohne mein Zutun, allein der Vorfreude wegen.

»Hugo«, sagte ich zu meinem Chauffeur, »fahr Er den Wagen vor!«

»Sir?«

Hugo schob sich seine blaue Schirmmütze mit einer lässigen Drehbewegung tiefer in die wollige Stirn, warf mir einen verwegenen Blick im Rückspiegel zu und startete den Wagen, der mit sanftem Brummen erwachte.

»Gleich fertig!«, sagte er, ganz der loyale Chauffeur.

Sein Hinterteil wackelte korrigierend hin und her. Er saß auf einem dicken Kissen, das den Vorteil hatte, dass er mit seiner Nasen-spitze bis zum Lenkrad reichte, der Nachteil war, dass seine kurzen Beinchen Mühe hatten, zu den Pedalen zu gelangen.

Was folgte daraus?

Der Rolls segelte ruckartig nach vorne. Das zerstoßene Eis, das in einem hellblauen Eimer im Fußraum den Champagner kühlte, klirrte leise, versprühte Wassertropfen.

Hugo und ich lachten. Wir waren, dank meines Tagtraumes, endlich aus der Enge meines ganz eigenen Zimmers in die große weite Welt katapultiert worden.

Hugo am Steuer, ich, der Sir, auf der ledernen Rücksitzbank, ich hielt ein leeres Glas in der Hand.

Hugo wischte sich lässig das Wasser von seiner Uniform.

»Biege Er rechts ab«, sagte ich mit aristokratisch angehauchter, schleppender Stimme, »halte Er vorne an der Ecke. Ich habe Durst.«

Da traf ein vertrauter Geruch auf meine weit geblähten Nasenflügel. Leder. Nasser Hund. Windeleimer.

»Hast du den besorgt?«, fragte ich schmallippig und deutete zum Fußraum mit dem Eiskübel.

Hugo zuckte gleichmütig mit den pelzigen Achseln.

»War sonst nichts anderes da«, er blieb ruckartig stehen und zwar so heftig, dass ihm die Mütze vom Kopf flog und schief wie ein Halbmond über dem rechten Ohrlappen hängen blieb.

»Erde an Mischa!«

Der Nasenstüber von Kisa ließ uns widerwillig zu Hause aufschlagen.

»Deine Mami hat zu viel Emergency Room geguckt«, Kisa deutete nickend zur Tür. Sie hatte es sich neben meinem Polster bequem gemacht, betrachtete mich wie eine lebende Sphinx mit diesen riesigen, grünen Augen und wartete auf meine Reaktion. Mit schief gelegtem Kopf lauschte sie abwartend auf die herankommenden Schritte meiner Mutter.

Ein zerzauster Vogel flatterte zu meinem Bettchen. Mit gurgelnden Geräuschen. Es könnte meine Mami sein, die das Babyfläschchen bogenförmig schwenkte, oder es war ihr Geist.

Sie schniefte laut hinter einem schmalen

Lappen, der Mund und Nase bedeckte und am Hinterkopf mit zwei dünnen Bändern verknotet war.

»Steriler Arztmantel. Mundschutz«, dozierte Kisa mit monotoner Stimme. »Keine Angst, das ist kein Raubüberfall!«, sie sprang leichtfüßig über das Gitter meines Kinderbettchens, als säße ihr eine Horde gefährlicher Schnupfenviren im Nacken.

»Sie hat die Klamotten von deinem Papi geklaut«, zischte sie im Weglaufen.

Hugo hatte die Szenerie aus sicherer Entfernung beobachtet und hechelte jetzt aufgeregt, leckte sich über die lange Hundeschnauze, seine Vorderpfoten zitterten in freudiger Erwartung.

»Man gießt heißes Wasser in das Fläschchen und misst die richtige Dosis Milchpulver dazu ab. Kurzes Schütteln. Fertig.«

Okay, dachte ich, Schütteln statt gerührt.

Mami hob mich hoch, wir machten es uns auf dem alten Schaukelstuhl bequem, und da lernte ich zum ersten Mal in meinem Leben, dass ein Schnuller kein Trainingsgerät sein musste, um damit Spaß zu haben, denn aus diesem Plastikteil floss die herrlichste, süßeste Milch, die ich bis jetzt gekostet hatte. Hugo, der still vor sich hin tropfte, hockte erwartungsvoll neben uns.

Ich gab beim Trinken Gas und bemühte mich in rekordverdächtiger Schnelligkeit, das Fläschchen leer zu bekommen.

Hugo ließ ein abfälliges Schnauben hören.

»Erzähl mir nichts! Du hast alles ausgetrunken.«

»Das war großartig«, sagte ich gutgelaunt, denn inzwischen hatte ich Zeit gehabt, mir alles von den Lippen zu lecken.

Mami hob mich über die Schulter, die in dem weißen Arztmantel verschwand, nieste so laut, als ob sie schwarzen Pfeffer in die Nase bekommen hätte, und überhörte mein sattes Bäuerchen.

Wie gut, dachte ich kritisch, dass man auf einem weißen Mantel meine weiße Milchspucke nicht gleich entdeckte.

Gerade jetzt, wo ich auf einer Wolke Babymilchpulver saß und von weiteren Fläschchen träumte, wäre es teuflisch, wenn Mami glaubte, dass ich künstliche Milch nicht vertrug.

Papi brachte am Abend Pizza für alle mit.

Wobei »alle« bedeutete, dass er, Mami und

Ben sich über die runden, üppig belegten Scheiben hermachen würden.

Diesmal war der Verzicht für mich immerhin erträglich, der herrlich süße Brei in meinem Bauch versetzte mich in die Rolle des zufriedenen Beobachters.

Papi zerlegte mit chirurgischer Genauigkeit seinen Teil in Dreiecke, wobei er nicht versäumte, den in Fäden ziehenden Käse um die Gabel zu wickeln.

Mami stocherte lustlos in der mit frischem Grün belegten Pizza herum.

»Ich kann durch den Schnupfen nichts schmecken und nichts riechen. Ist das Salat auf dem Belag oder Heu?« Papi schüttelte wortlos den Kopf, zog ihr Essen zu sich, spielte mit künstlichem Lachen einen Zauberer, der, durch einen bloßen Trick, den vollen Teller in einen leeren verwandeln konnte.

Mit ein paar Stücken Baguette wischte er den Teller von den winzigen Resten, die noch auf ihm klebten, sauber.

Papis gute Laune war ansteckend. Fast erwartete ich weitere Kunststücke, wie zum Beispiel Wasser in Wein zu verwandeln, oder Babymilch in Hundekeks.

Kisa und Hugo erzählten unter großem Ge-
kicher, dass Papi immer nur einen Trick be-
herrschte. Vollen Teller in sauberes Geschirr
zu verwandeln.

»Wir durchschauen natürlich seine Taktik«,
meinte Kisa gönnerhaft, »er stopft sich alles in
zwei Bissen in die hohlen Backen.«

Der Magier eilte geschäftig zum Kühlschrank.

»Irgendwer ein Bier?«

Er lachte über seinen eigenen Witz, da er genau wusste, dass Ben noch zu jung für Alko-
hol war und Mami lieber eine Tasse Tee hätte.

»Alle Mann ins Wohnzimmer«, der Kapitän
befehligte sein vom Untergehen bedrohtes
Schiff. Übersetzt: Wer kümmerte sich um den
Haushalt und kochte das Essen, wenn Mami
durch Schnupfen ins Koma fiel?

Ich reckte mich gähnend auf Mamis Schulter, um ja nichts zu verpassen.

Ein Familienrat war einberufen worden.

Sie ließen sich in alte Sessel plumpsen, Mami
schob mir einen Schnuller in den Mund, den
ich aufgeregt zu bearbeiten begann.

Ich war noch nie in diesem Zimmer gewesen. Erstaunt betrachtete ich ein großes,

schwarzes Fenster, das in einer Ecke darauf wartete, weit geöffnet zu werden.

Ich habe Schnupfen – Hatschiii!

Ben hielt einen flachen, kurzen Gegenstand in der Hand, spielte ein bisschen damit herum, warf ihn lässig wie einen Grashüpfer von seiner rechten zu seiner linken Hand und drückte probeweise auf ein paar bunte Knöpfe.

»Der Fernseher bleibt aus!«, sagte Papi mit Nachdruck zu meinem Bruder und kippte eine braune Flüssigkeit in einen bauchigen Kessel.

Als sich obenauf ein cremiger Schaum gebildet hatte, sog Papi einen tiefen Schluck bis in sein Innerstes, man konnte das perlende Geräusch in der Höhe seines Magens vernehmen.

Er warf einen seligen Blick zur Zimmerdecke. Ob er da oben wohl jetzt Jesus zu finden glaubte? Ich habe einen schwarzen Punkt und er einen Jesus?

Papis Kopf wackelte wie ein Metronom hin und her.

»Jeden Abend Pizza? Danke, nein!«

»Für mich gerne«, sagte Ben grinsend.

»Iss doch in der Klinik«, schlug Mami vor.

»Lass den Haushalt ein paar Tage liegen.«

Mami brachte mich ins Bett, während ich mir den Kopf zerbrach, wohin Papi wohl den Haushalt legen könnte.

Hugo kam gähnend in mein ganz eigenes Zimmer.

»Familienrat ist so was von langweilig«, sagte er kopfschüttelnd und machte sich zu seiner Spielkiste auf.

Er wühlte ein bisschen in der Menge seines Zoos, entschied sich für das rosa Badeschwein und ließ es probeweise ein wenig quieken, so zum Auftakt.

Kurz vor der Jagd. Bevor zum Halali geblasen wurde. Mit einer großen Horde von 1, 2, 3 Mann. Bekleidet mit schlammfarbenen Hosen, grünen Joppen und spitz zulaufenden, wollenen Hüten auf dem Kopf, die ein kleiner, herabfallender Besen dekorativ zierte.

Gefährliche Jäger, allesamt erprobt. Die Nerven zum Zerreißen gespannt.

Als die Hörner verklangen, begann Hugo sich von der Menge abzusondern und loszurennen. Hinein in den finsteren Wald. Er nahm sofort geübt die schwache Fährte auf.

Man hörte ihn durchs dichte Unterholz brechen, das Grunzen von einem Geschwader mit Stacheln gespickter, riesiger, rosafarbener Tiere begleitete seine finstere Jagd.

Hugo ließ nicht locker, er war der tapferste von allen Jägern diesseits des Äquators. Vor Müdigkeit drohte er fast zu versagen, sein Durst war groß. Trotzdem, als die Sonne durch die Tannenwipfel lugte, der Morgen graute, stellte er seinen Feind. Gnadenlos.

Es war, wie nicht anders zu erwarten, der größte Geselle, dem Hugo jemals von Angesicht zu Angesicht gegenübergestanden hatte.

Hugo drängte ihn bis zu einer großen, alten Eiche.

Er ließ sein Knurren erschallen, so laut, dass die anderen Schweine und tapferen Jäger panikartig aus dem Wald flüchteten.

Hugo wusste, dass jetzt der Zeitpunkt gekommen war, den finalen Biss anzusetzen. Das Tier grunzte und quiekte in seiner aufsteigenden Panik. Hugos Maul verströmte sabbernd tödlichen Schaum.

Aug in Aug, fast berührten sich die zitternden Nasen.

Da tauchte aus dem heranziehenden Frühnebel ein Säbelzahntiger auf und machte sich bereit, ihm die Beute zu entreißen.

»Hugo«, sagte Kisa kopfschüttelnd, »wie alt bist du eigentlich?«

Sie sprang, wie immer lautlos, auf mein Bett, winkte mir lächelnd zu, steuerte meine Kuscheldecke an, durchwalkte sie mit lockeren Pfotenbewegungen, schnurrte und rollte sich elegant zu einem wolligen Ball zusammen.

Hugo trottete völlig genervt in die Küche, um sich am Wassernapf zu laben.

Er schlabberte so laut, dass es klang, als ob Regen auf das Dach prasselte.

»Jagd macht durstig«, sagte Kisa kichernd, zwinkerte mir zu und betrachtete sinnend die winzige, kleine Spinne an der Zimmerdecke.

»Du bist ein nachtaktives Tier«, wisperte die Kleine frech aus sicherer Entfernung. Sie wippte von einer Seite zur anderen, so als hätte sie sich eine kleine Schaukel aus ihrem Netzchen gedreht.

»Darum schlafe ich jetzt auch eine Runde«, murmelte Kisa und schloss genießerisch die Augen. Sie pustete leise durch ihren breit gefächerten Katzenbart.

Mimi hingegen sah jetzt aus, als ob sie ein

kleiner Wirbelwind in Bewegung gesetzt hätte. Sie rechnete sich rasch im Kopf die günstigste Flugbahn zu mir aus, ließ sich fallen und landete samtweich neben meinem Kissenhügel.

Sie äugte zur schlafenden Kisa, rannte schnaufend los, erklomm meine sieben Haare auf dem Kopf, rutschte flink den Hügel hinab zu meinem Näschen und klammerte sich schwer atmend an meinem Schnuller fest.

Mimi kicherte, machte eines ihrer vielen Füßchen lang und stupste mir auf den hingehaltenen Zeigefinger.

»Wenn du jetzt deinen Schnuller schießt, bin ich tot.«

Erschrocken hielt ich das kleine Schießwerkzeug in meinem Mund still.

Irgendwas kitzelte meine Nase.

»Meine Nase kitzelt«, sagte ich vorsichtig, damit Mimi nicht abrutschte.

Mimi starrte mich erschrocken an und sauste auch schon an ihrem eigenen Rettungsfaden nach oben. Bis zur Zimmerdecke. Hinein in ihr kleines Netz.

»Wenn du mich anniest«, sagte sie keuchend vor Anstrengung aus sicherer Entfernung, »dann bin ich tot.«

Kisa öffnete träge ein Auge, »ich hab dich gesehen, du Winzling, du bist nur deshalb nicht tot, weil du Mischas Freund bist. Ich hätte nur eine Kralle nach dir auszustrecken brauchen.«

Das Kitzeln in meiner Nase wurde stärker.

»Hah, hah«, dann explodierte ich.

»Tschi«, murmelte ich fröhlich.

»Tolles Gefühl«, sagte ich verschnupft.

»Steck mich nur an«, Kisa wischte sich nasse Fäden aus dem Bart.

»Igitt«, sagte sie angesäuert, »du hast Schnupfen.«

Kisa erinnerte sich an Mimis Worte, ein nachtaktives Tier zu sein, und verschwand lautlos in eine dunkle Nacht.

Der Luftballon da oben, sorry, der Mond, schien sich hinter den Sternen verkrochen zu haben, jedenfalls war er für unser bloßes Auge nicht sichtbar.

Die Nacht stand heute im Zeichen eines spektakulären Wettkampfs zwischen Mami und mir. Wettpokern? Kirschkernspucken? Weit gefehlt.

Wir niesten um die Wette.

Zu Beginn stimmten wir gemeinsam ein

volltöniges Konzert an, ließen Pauken und Trompeten links liegen, konzentrierten uns, jeder für sich, auf unsere Soli, Moll und Dur im lockeren Wechsel, und endeten in verschnupftem Geschnarche.

Als der Morgen graute, schlich ein Geist in mein Zimmer. Das Haar, wie ein Besen steif vom Kopf abstehend, dunkle Augenhöhlen, in weißem, durchscheinendem Gesicht, die dünnen Waden gehüllt in längs gestreiftes Tuch, das um seine Knie schlotterte. Papi, ganz fremd in einem Pyjama.

Er stierte mir tief in meine tränenden Augen, murmelte leise Beschwörungsformeln, die mit den Worten endeten: Mischa muss zum Kinderarzt.

Er schlich in die Küche, braute sich gähnend einen belebenden Trank und verschwand hastig in den düsteren Morgen.

»Dein Papi ist heute aber früh in die Klinik gefahren«, sagte Hugo leicht irritiert, »ganz ohne Frühstück. Er hat sich nur an einen großen Becher Kaffee geklammert. Er wäre fast mit seiner Nase damit zusammengestoßen. Er sah sehr müde aus. Du und Mami wart ja laut genug, mit eurem ständigen Hatschi.«

Kisa, die bei Anbruch des neuen Morgens wieder in die kuschelig warme Heimat zurückgekehrt war, warf mir aus smaragdgrünen Mandelaugen einen vorwurfsvollen Blick zu. »Ist das ein Kunststück? Heute hat in diesem Haus bestimmt niemand ein Auge zugetan.«

Sie sprang auf mein Bett und betrachtete stumm das kleine rote Gebilde in meinem Gesicht, das wie ein winziger undichter Brunnen vor sich hin tropfte.

»Lass ihn Frühstücksflocken essen, lass ihn Frühstücksflocken essen ...«, betete Hugo leise verschwörerisch zum Frühstücksgott.

Wir hörten meinen Bruder scheppernd diverse Laden öffnen.

»Ich möchte heute kein Brot«, rief er meiner Mami zu, »ich hole mir Müsli und Milch.« Hugo warf mir ein begeistertes Zwinkern zu.

»Ben isst nie auf«, sagte Hugo leise, »ich kann dann die Schüssel säubern.«

»Er ist schon als Fresssack geboren worden«, sagte Kisa und sprang aufs Fensterbrett meines ganz eigenen Zimmers.

»Die Amseln in diesem Garten sind groß wie Hühner.«

Kisa tänzelte gespannt hin und her, vermutlich verfiel sie gerade in den Jagdmodus, denn sie klapperte mit ihren kleinen Vorderkrallen ungeduldig aufs Fensterglas.

Ich muss zum Kinderarzt

Deine Mami füttert sie zu gut«, sagte sie mürrisch, »die sind schnell wie kleine Düsenjäger, ich kann sie nicht erwischen. Du musst wissen, ich bin eine Meisterin im Anschleichen. Niemand kann mich hören oder sehen. Wenn ich dann gespannt wie eine Feder auf das Geflügel zusteuere, quasi wie eine Sehne auf einem Jagdbogen, heben sie ab. Senkrecht wie winzige Kampfjets. Ich habe dann das Nachsehen. Pech für mich!« Schlecht gelaunt fing sie an, sich zu putzen. »Gut, dass es leckere Büchsen mit Katzenfutter gibt«, setzte sie noch hinterher.

Hugo kam plötzlich mit unkontrolliertem Slide um die Zimmerecke gerutscht, bis zu meinem Bett, in einem Zug, knallte auf meine Bettpfosten, klammerte sich fest, als ob sein Leben davon abhinge. Er keuchte, als hätte er einen kleinen Marathon verloren.

»Grau-en-voll«, japste er verzweifelt. Man merkte ihm an, dass er versuchte, das Zähneklappern zu unterbinden.

»Es tut mir so leid für dich.« Geisterhaft

flackernde Augen. Die Schnauze erstarrt in einem einzigen langgezogenen Laut: OHH-HHHHHH!

»Du musst in eine Praxis«, sagte er mit brechender Stimme.

Praxis? Gefängnis? Hinrichtung?

Der Schnuller rutschte aus meinem Mundwinkel. Die Unterlippe fing ganz ohne mein Zutun an, zu beben und zu zittern.

Und wie ein ganz normales Baby, das von einer Horde Gespenster geplagt wird, die Fantasie kann schrecklicher nicht sein, plärrte ich voller Verzweiflung los. Um mein kleines, junges Leben.

Kisa unterbrach aufgebracht ihre Fellpflege. Sie runzelte die Stirn.

Zum Putzen des gesamten Pelzes, hatte sie Hugo und mich schon oft genug belehrt, gehörte andächtige Stille. Wie bei einem Gebet. Wie in einer Kathedrale eben. Oder in einem Dom.

Und was sollte jetzt dieses markerschütternde Geschrei?

Sie war gerade an der Stelle angekommen, die jede Katze aussehen ließ wie Mädchen beim Balletttraining an der Stange. Sie hielt in absoluter Perfektion das rechte Hinterbein in die Luft. Sie verharrte, wie in Zeitlupe, in dieser eleganten Bewegung.

»Was hat er denn?« Ihre grünen Mandeln versuchten meinen Blick einzufangen.

Babys können sehr laut sein, der größte Kirschkernspucker der Welt schien auch der größte Schreihals der Welt zu sein.

Kisa entwirrte ihre Füße und setzte sich kerzengerade auf ihr Hinterteil. Sie patschte mir mit der rechten Vorderpfote auf die nassen Backen. »Wasnlos?«

»Nicht in eine Praxis«, bettelte ich, es klang eher wie, bitte nicht nach Guantanamo. Kisa starrte wütend auf Hugo.

Hugo schrumpfte unter dem Blick der Inquisition in ein völlig unbedeutendes, harmloses Wesen zusammen.

Kisa verwandelte sich trotzdem in Bruchteilen einer Sekunde in einen explodierten Fellball. Ihr sonst so schmaler, langer Schwanz hatte sich in eine aufgeplatzte Klobürste verwandelt, die peitschenartig herumwirbelte.

Dann sauste sie im Tiefflug in Hugos Körbchen und landete auf seinem Rückenfell. Hugo kreischte, als Kisa ihn mit ihren feinen

Krallen bearbeitete. Es sah fast so aus, als ob sie ihn mit einer grobzinkigen Bürste unsanft kämmte.

Mami rettete meinem besten Freund das Leben.

Sie eilte zu uns herein, um nachzusehen, wieso sich mein ganz eigenes Zimmer in eine Quelle des schrecklichen Lärms verwandelt hatte.

Ich bekam flugs den Schnuller ins Mäulchen geschoben.

Kisa ließ widerwillig von dem armen Hugo ab. Er schüttelte sich, als stünde er unter der kalten Dusche.

Sie fauchte noch einmal in Richtung Körbchen, sprühte wie ein kleiner Drache einen Feuerball.

Ich hatte zu weinen aufgehört, das herrliche Theater, das sich vor meinen Augen abspielte, lenkte mich von meinem eigenen Kummer ab.

Vielleicht sollte ich probeweise einmal kräftig niesen, statt zu plärren.

»Und«, knurrte Kisa, fixierte Hugo, und fauchte in seine düstere Zimmerecke.

»Sorry, Kleiner«, brummte mein Freund und beäugte die Katze misstrauisch.

»Erklär ihm jetzt, was eine ›Praxis‹ ist«, forderte Kisa und machte einen Bogensprung auf mein Bett.

Der kleine dunkle Punkt an der Zimmerdecke bewegte sich wie zarter Daunenflaum. Eine flüchtige Bewegung nur.

Das Nestchen entwickelte sein Eigenleben, eine verschlafene Mimi beugte sich ein bisschen vor, sie ruckelte ein wenig an den gesponnenen Fäden. Mimi hörte zu.

»Praxis!«, erinnerte Kisa meinen Freund mit drohendem Fauchen.

»Praxis«, sagte Hugo vorsichtig, er verlieh seiner zitternden Stimme einen Anflug von harmlosem Klang, so als ob er über »Sellerie« Bericht erstatten sollte.

»Ist ein Ort mit einer unübersehbaren Horde von Tieren. Aller Art, aller Größe.«

Er starrte in die Ferne.

Mimi beugte sich leicht vor, hielt ihr dünnes Füßchen dahin, wo ich ihr Ohr vermutete.

Ich nuckelte eifrig am Schnuller.

Vor meinem geistigen Auge zogen sie vorbei.

The Big Five. Am schlammigen Wasserloch. Krüger-Nationalpark. Heißes Afrika.

»Sie sind in Gruppen«, fuhr Hugo vorsichtig

fort und breitete ein Grinsen über seine wolligen Backen.

Aaaalles ganz harmlos. Nicht weinen, kleiner Mischa.

Er pfiff ein kleines Liedchen vor sich hin. Nur ein paar Takte.

Carmen, erster Akt. Georges Bizet.

»Allein?«, unterbrach ich den brummenden Gesang meines besten Freundes.

»Nein, ihre Besitzer sind bei ihnen«, ließ er mich beruhigend wissen.

»Was machen die ganzen Tiere denn da?«

Hugo patschte probeweise auf sein rosiges Badeschwein. Es quiekte erschrocken auf.

»Sie müssen zum Arzt. Sie sind krank«, erklärte er vorsichtig und ließ Kisa nicht aus den Augen.

»Der Tierarzt ist der Chef. Ihm gehört die Praxis.«

»Haben sie einen Schnupfen?«

»Bestimmt auch.« Hugo betrachtete interessiert seine rechte Vorderpfote.

»Was macht der Arzt denn mit den kranken Tieren?«

Der Schnuller zitterte zwischen meinen bebenden Lippen. Ich war ein kleines bisschen nervös, denn ich würde ja bald diesen furchtbaren Ort aufsuchen, an dem es von kranken Tieren und ihren Besitzern nur so wimmelte.

»Was mit den anderen armen Teufeln passiert, kann ich dir nicht sagen.« Hugo hüstelte, er klang ein wenig verschnupft.

»Ich bekomme immer eine riesige Nadel in mein armes Hinterteil gerammt. Es fühlt sich jedes Mal so an, als ob du mit Kisa zusammenstößt.« Er schielte hastig zu Kisa. Ihre Augen funkelten böse.

»Was?«

»Das musste jetzt sein, oder?«, fauchte Kisa aufgebracht, sie betrachtete besorgt meine Unterlippe. Rasch plapperte sie weiter.

»Mischa. Listen to me! Hugo bekommt jedes Jahr eine Impfung, das ist ein Mittel, das mit einer dünnen, kleinen Nadel, mit bloßem Auge ist sie nicht zu erkennen, in den Muskel injiziert wird. Das kann Hugo kaum spüren, aber wie wir alle wissen, ist er ein Angsthase. Du wirst heute mit deiner Mami zu einem Kinderarzt fahren, und du wirst sicher keine Impfung bekommen. Okay. Aus die Maus!«

Sie zwinkerte verschwörerisch in meine Richtung, schlug verspielt einen Purzelbaum über mein Bettgeländer, kam lautlos auf dem Boden auf und ließ die Funken sprühen. Beim schnellen Bewegen ihrer langen 1, 2, 3 Füße.

»Keine Big Five, kein sichtbares Wasserloch«, stellte ich 1, 2, 3 Stunden später fest, als ich sicher und geborgen in meinem Bett lag. In meinem ganz eigenen Zimmer. Neben der Biene und dem goldenen Löwen.

Ich warf Mimi in der Zimmerecke, Hugo in seinem Körbchen und Kisa auf meinem Bettende einen heiteren Blick zu. Weltmännisch, gelassen.

Meine Nase tropfte.

Mimi schwebte über uns. Wie ein flüchtiges Wesen. Fast wie ein Gedanke, den man vergessen hatte auszusprechen.

Eine winzige Märchenfigur.

Ein kluges Gespinst, das genau im Bilde war, was böse Katzenkrallen anstellen konnten.

Kisa tänzelte mit beiden Vorderpfoten auf meinem Polster und erinnerte an Papi, bevor er sich daran machte, Schnitzel zu klopfen.

»Erzähl uns alles. Du brauchst uns nicht zu schonen.« Giftiger Blick zu Hugo, der sein Badeschwein näher zu sich heran schob.

Der größte Kirschkernspucker
der Welt

Leute«, sagte ich aufgeräumt, »da war nichts. Keine Tiere. Keine Big Five.«

»Was dann?«

»Kinder gab es da«, sagte ich verschnupft, denn die Nase war dicht, »in jeder Größe.«

»Und der Tierarzt?«

»Oh«, sagte ich vergnügt, »er hatte sein kleines Mädchen zum Kinderarzt gebracht.«

Mami hatte meinen geräumigen englischen Kinderwagen neben ihren dunkelblauen englischen Kinderwagen geschoben.

Ich hatte ihr aufmunternd zugezwinkert, mein Trainingsgerät zwanglos bearbeitet. Mit lässigen Saugbewegungen. Die Schnullerblume tanzte.

Das kleine Mädchen grinste aus zahnlosem Mund. Sie warf mir einen koketten Blick zu. Mit langen, dichten, dunklen Wimpern, die Schatten auf ihr rosiges Babygesicht warfen.

Dann wackelte sie ein wenig mit dem zarten

Näschen, quietschte fast so fröhlich wie Hugos rosarotes Badeschwein.

»Habenwollen«, sagte sie verlangend und deutete mit ihren feenhaft kleinen Fingerchen auf meinen Schnuller.

»Ich habe jetzt eine Freundin«, gestand ich etwas beschämt und sah mich in meinem ganz eigenen Zimmer um, ob sie wohl alle an meinen Lippen hingen.

»Was ist passiert?«, Hugo stellte sich auf seine Hinterbeine und hielt sich am Geländer meines Bettchens fest, sein kleines wolliges Schwänzchen wehte haarig wie eine Fahne im stürmischen Wind. Wie eine Gebetsfahne auf der Spitze eines hohen Berges. Der Olymp in Katmandu, vielleicht.

»Ich habe ihr meinen Schnuller rübergeschossen«, erläuterte ich.

Ich musste nicht mal groß die Backen dazu aufblasen, sie stand ja höchstens 1, 2, 3 Meter neben mir.

Ein Kinderspiel für mich alten Hasen.

Vorher kurz die Flugbahn im Kopf überschlagen und losgeschossen. Schwupps.

Harmloser kleiner Schuss. Ab in ihren dunkelblauen englischen Kinderwagen.

Sie zwitscherte begeistert, wie ein gelbes, flaumiges Küken.

»Wieso hast du sie angeschossen?«, fragte Kisa irritiert.

»Quatsch«, sagte ich leicht genervt.

»Rüber, in ihren Kinderwagen. Rübergeschossen.«

»Wozu?« Kisa verstand die Welt nicht mehr.

»Na, ihr Papi sagte, dass Chiara Nadine in ihrem Leben noch keinen Schnuller zu sehen bekommen hat. Ihr wisst schon. Schnuller und ihre Gefährlichkeit. Wie mein Papi vertrat er die Meinung, dass man spätestens in zwei Jahren einen deformierten Kiefer haben wird.«

»Und dann? Kam der Arzt und hat dich mit einer Nadel gepiekst?«

Hugo fing an, vor Aufregung zu zittern.

Quasi nach dem Motto: Geteiltes Leid ist halbes Leid.

»Dann habe ich Chiara Nadine beobachtet, wie sie meinen Schnuller packte, ihn sich in den Mund schob und zufrieden daran nuckelte.«

Hugo atmete tief ein. Ende gut, alles gut. Er winkte glücklich mit einer wolligen Pfote, schnappte sich das Badeschwein und rannte zu Mami in die Küche. Wir hörten ihn raspeln.

»Sein Hundeknochen«, sagte Kisa wissend, »aus Büffelhaut. Stressabbau.« Wie ein kleiner Komet aus dem Weltall zischte sie ab.

»Was ist Stress?«, fragte Mimi, blickte rasch nach rechts und links, und als sie sicher zu sein glaubte, sauste sie an ihrem dünnen Faden zu mir herunter, als wäre sie ein kleiner Feuerwehrmann auf silberner Rutschstange.

»Stress ist«, sagte Kisa hinterhältig und hockte lachend im Türrahmen, »wenn du um dein Leben kletterst. So wie jetzt.«

Ich verdrehte die Augen genervt in Richtung Zimmerdecke.

Mimi rannte los und Kisa beobachtete die flinken 1, 2, 3 Beinchen.

Wie immer erreichte Mimi das rettende Netz.

Aber zurück zur Praxis. An Hugos Ort des Schreckens. Seine persönliche Hölle.

Viele Kinder. Die laut jammerten. In ihren Badebüchern lasen. Auf ihren kleinen Smartphones patschten, sich im Internet informierten, oder wie ich, in meinem Kinderwagen, strampelten.

Chiara Nadine nuckelte an meinem Schnuller und winkte mir beruhigend zu. Als eine unbekannte Stimme meinen Namen rief, geisterhaft hohl, aus dem »Off«, winkte ich betont lässig zu ihr zurück.

Ich zwinkerte jovial und hielt meine Finger wie ein kleines Telefon ans Ohr.

Sie zog an der Schnullerblume, nickte und weg waren wir.

In einem farblosen Raum stand ein Bett, überzogen mit Plastik.

Ein Tisch mit PC, Telefon. Weiße Kästen an der Wand mit diversen Utensilien, ohne die ein Arzt wohl nicht leben kann.

Medizinisches Werkzeug. Spritzen, Tupfer, der ganze Kram, den ich von Papis Praxis her kannte.

Der Arzt, ein Kollege meines Papis, war in revolutionäres Blau gewandet.

Hemd, Kragen offen, fast bis zum Nabel, Jeans, verwaschen, Slipper aus weichem Leder.

Er begrüßte Mami mit einem hingehauchten Kuss auf die Backen, besah mich von ganz weit oben, legte dann heftig nickend, typisch weltgewandter Arzt eben, den Zeigefinger überlegend an den Mund.

»Schnupfen.«

Mami freute sich, dass die Diagnose so eindeutig und rasch erfolgte. »Fieber?«

Mami schüttelte den Kopf und nieste laut.

»Oh, oh, Julie, dich hat es aber erwischt, pass auf, dass du deinen Mann nicht ansteckst. Der wird noch in der Klinik gebraucht. Höhöhö.«

Wer tut so was, dachte ich irritiert und war ein wenig sauer, weil ich meine kleine Waffe zu frühzeitig verschenkt hatte.

Mami schien meine Gedanken zu lesen und half mir rasch mit Schnuller Nummer zwo aus der Verlegenheit.

Er war hellblau. Statt der Blume am Ende mit durchsichtigen Plastikflügeln ausgestattet. Ich liebte dieses Sondermodell. Sehr gut austariert.

Der Doc setzte sich hinter seinen klobigen Schreibtisch, malte ein Bildchen auf ein Blatt Papier und reichte es meiner Mami.

»Das Rezept hätte dir aber auch dein Mann ausstellen können.« Er wedelte mahnend mit dem Zeigefinger.

Ja, Onkel, hätte er, wollte er aber nicht.

Dann ließ der Doc lässig einfließen, dass sein neuer Quattro-Stagioni-Rennwagen bald zur Probefahrt am Hafen einliefe.

Man hätte das gute Stück in England handfertigen lassen, quasi mit der Hand zusammenschrauben.

Der Doc legte meiner Mami eine braungebrannte Hand auf den Oberarm ihres dicken, wolligen Mantels und starrte ihr tief in die Augen.

Mami unterließ es, vor Ehrfurcht zu erstarren, ihr leichtes Nicken wirkte etwas gekünstelt.

»Und jetzt willst du sicher wissen, was mich der Wagen gekostet hat!«

Mamis Schweigen wirkte krampfhaft.

Fast schon ein wenig unhöflich, wie ich fand.

Sie nieste.

Probeweise, lauter als notwendig.

Hoffte, dass sie der Doc dadurch wohl schneller vom Haken ließe.

Ganz unter uns: Schnelle Autos interessierten meine Mami nicht die Bohne.

Er starrte verkniffen in meinen komfortablen englischen Kinderwagen.

In diese lässige Eleganz auf 1, 2, 3 englischen Rädern. Mit chromblitzenden, silbernen Speichen.

Mein ganz eigener »Rolls-Royce«, wie Mami so gern dazu sagte.

Mami nutzte die Gelegenheit seines angesäuerten Schweigens und angelte in den tiefen Katakomben ihrer Manteltaschen nach einem bunt gestreiften Lappen.

Schnell tauchte sie ihre rote Nase darin ein.

»Na, rate mal.«

Mami deutete ein Achselzucken an und trötete laut.

»Statt des Wagens«, übertönte er krampfhaft Mamis Lärm, »könntest du dir auch eine Villa in Monaco für das Geld leisten. Höhöhö.« Er winkte lässig in meine Richtung.

»Alles in allem ein Schnäppchen. Cognacfarbenes Vollleder. In jeder Ritze neueste Technik. Zwanzigfache Boxen für den Sound.«

Er starrte versonnen aus den Praxisfenstern. In eine wundervolle Zukunft. Er, in seinem Rennwagen an der Côte d'Azur.

Plötzlich hatte er es ganz eilig, uns loszuwerden. Er deutete zur Praxistür.

Vielleicht hatte es damit zu tun, dass Mami nicht mehr aufhören konnte zu niesen, ich tat mein Bestes, den Schnuller zu bearbeiten.

Der Doc richtete die besten Grüße an den werten Kollegen aus.

»Höhöhöhö!"

Ich nuckelte eifrig, sog kräftig, speichelte gut ein.

Blies probeweise die Backen auf.

Sein Blick ruhte kühl auf meiner tropfenden Nase.

Ich zählte in Gedanken, rückwärts mit, wie ich es beimFBI gelernt hatte.

Quantico. Vor drei Jahren.

Drei

Zwo

Eins

Schuss!

Über seine rechte Schulter.

„Na Hallo!" Buschige Augenbrauen zuckten auf und ab.

„Auf dieses Kerlchen, wirst Du aufpassen müssen," sagte Papis Kollege angesäuert zu meiner kichernden Mami.

„Der schiesst tatsächlich mit seinem Schnuller auf mich.

HÖHÖHÖHÖ!"

Ich möchte der Welt Grösster Kirschkern-spucker werden, damit ich ins Buch der Rekorde komme.

Und dazu braucht man Übung: Man bläst die Backen auf: Und - Schuss!

Ende l. Teil

geschrieben von: Mischa

gewidmet: Omi Ernestine

(Bodyguard Hugo

Katzenkönigin Kisa

Spinnenbaby Mimi

Rosa Badeschwein)

LARS HÖLLERER

Die Umschlaggestaltung und das Cover von „Der Sausende Schnuller" stammen von Lars Höllerer.
Er ist Vollmitglied der Vereinigung: Mund und Fußmalenden Künstler aller Welt e.V - VDMFK, ist Mundmaler und seit vielen Jahren erfolgreicher, freischaffender Künstler.
Er lebt und arbeitet in Deutschland.
„Der freche Engel Karl" und „Kurti und der Geburtstag" sind zwei seiner Kinderbücher.
Die lustigen Texte und farbenfrohen Bilder sind von ihm gestaltet.
Erhältlich sind die Bücher im MFK - Verlag (https://www.mfk-verlag.de/) Verlag der Mund und Fußmalenden Künstler.

MARY ARTECUS

Autorin und freiberufliche Journalistin.
Sie stammt aus Österreich, hat aber in vielen europäischen Städten gelebt und gearbeitet.
Heute fühlt sie sich als Europäerin.
Von ihr stammt: „Der Sausende Schnuller" - ein heiteres, lustiges All Age Buch und
„Ein Rollstuhl auf Rabenflügeln", ein teilbiographischer Roman, der zeitnah in Kürze erscheint.